Círculo Rojo

Te dejo ir...

Te dejo ir...

D. Casidy

Círculo Rojo
EDITORIAL

Primera edición: diciembre 2024

Depósito legal: AL 3868-2024

ISBN: 978-84-1097-442-5
Impresión y encuadernación: Editorial Círculo Rojo

© Del texto: D. Casidy
© Maquetación y diseño: Equipo de Editorial Círculo Rojo

Editorial Círculo Rojo

www.editorialcirculorojo.com

info@editorialcirculorojo.com

Impreso en España - Printed in Spain

A él,

Qué giró mi mundo del revés convirtiéndome en una mejor persona. Y aunque le dejo ir… perdurará por siempre en mi memoria. Como el verdadero protagonista de esta apasionante historia.

Frase célebre

de

Mark Twain

«El perdón es la fragancia que desprende la violeta en el talón de quién la ha pisado».

Índice

Prólogo

Las barreras se habían cruzado, la confianza estaba completamente rota. Y, lo que ayer fue tormenta, hoy se convertía en una aparente calma. Entresijos de hierros y cañones, que nos envolvían sin control por aquella infernal montaña rusa de Yameli y Dario. Llena de altos y bajos en una amalgama de traiciones, mentiras, brujería, maleficios y contrariedades. El Ego perdido, la humildad tocada y el amor prohibido habían sido relegados solo a migajas. Aun así persistía, se agarraba a la vida como un náufrago a una tabla en el mar. Esa, que encontró Yameli junto a Joss en busca de su redención. Una ventana abierta después de un gran portazo, con el dueño y verdugo de su corazón. Sería contigo…, pero sin ti, porque, aunque te amo, la realidad es que no le haces bien a mi vida, y por eso debo dejarte marchar. Nunca podrá olvidar al hombre que le enseñó un camino diferente. Que le mostró la clave para disfrutar de una sexualidad plena, sin tapujos ni censuras obsoletas. Giró la rueda de su vida por completo, y liberó todo su potencial. La atracción magnética que les envolvía nunca dejó de existir. Él siempre será su Eros y ella su Afrodita, pero algo cambió rotundamente, y eso marca la diferencia.

Cuando le damos a alguien de su propia medicina no siempre es bien recibida. Porque no es lo mismo empujar, que darse el golpe. Ella resurgió de sus cenizas, haciéndose más fuerte, atrevida y decidida con aquella terrible desilusión. Empoderando su alma y enriqueciendo su espíritu. Sin perder la pasión, el amor, la sensualidad. Rompiendo con tabúes y creencias limitantes de la sociedad. Sencillamente se trasformó, evolucionó y aceptó que ya nada volvería a ser como antes jamás. Dicen que se pueden tener dos amantes a la vez, no sé, es muy complicado en la vida real. Sobre todo cuando formas parte de algo tan grande y sublime como la Religión y Cultura afrocubana. Que predica lealtad, respeto y fidelidad, aunque muchos hagan caso omiso. Ya veremos cómo queda al cerrar por fin este ciclo.

Primer capítulo

Mi mente era un amasijo de ideas inconclusas y piedras atravesadas, una cazuela en plena ebullición desbordante de miedos e incertidumbre. Todo o nada, esa era la cruda realidad de mi vida. Mi nombre es Yameli, y hoy debo continuar por el tormentoso camino que el destino ha trazado para un amor apasionante, prohibido y lo que es peor, no correspondido. He decidido aferrarme a una tabla en el mar. A la posibilidad de ser feliz sin él. Porque Dario, mi gran amor perdido, no quiere renunciar a mi cuerpo, mi sexo o mis caricias. Pero a la vez no tiene nada más para ofrecerme, sino dolor y desconsuelo. Y yo, que estoy perdidamente enganchada y loca por sus huesos, no hago más que caer en sus garras afiladas, que me devoran sin contemplación y con ardua pasión. No dejo de correr a sus brazos y entregarme sin miramientos a nuestro maravilloso juego del dios Eros, que nos atrapa entre Afrodita y Adonis sin consuelo. Una perdida adicción para la que aún no he podido encontrar tratamiento o desintoxicación. Pero de la que soy consciente y me rebelo como fiera enjaulada en defensa de mi supervivencia e integridad.

Dario se marchará muy pronto a Cuba a dar término a su consagración de Kari Osha. El Ebbó meta, que estaba pendiente desde hace ya mucho tiempo y por fin tendría lugar. Yo…, yo no lo volvería a ver hasta su regreso, justo así estaban las cosas. Además tengo una cita con Joss, mi alternativa a la felicidad, mi salvador, mi consuelo. Una válvula de escape que decidí activar. Esa era mi tabla en el mar y no podía soltarla bajo ningún concepto. Ya estaba arriba del burro y ahora tenía que darle a los palos, apechugar con las decisiones tomadas, seguir adelante y dar ejemplo.

Como bien me sugirió el propio Dario, debía continuar con mi vida y encontrar a alguien que me diera el lugar que merezco. Por eso, el destino había vuelto a poner a Joss en este sendero por el que transito. Y no le dejaría escapar. Él era apasionado, seductor, amoroso, educado, vigoroso y, por sobre todas las cosas, me deseaba con ternura y devoción. Se merecía una oportunidad y había decidido dársela, concederme a mí misma la posibilidad de sanar mi corazón y volver a despertar el amor en su interior.

Sacudí la cabeza en busca de aclarar un poco mis ideas, para regresar al aquí y ahora de una vez por todas. Al fin y al cabo debía dejarlo ir…, nada podía hacer por él en estos momentos, y mucho menos debía concentrarme en sus asuntos. Ya Dario era mayorcito y debía lidiar con sus decisiones, acciones y sentimientos. Yameli no debía iniciar ninguna otra cruzada en su nombre, salvación o iluminación, eso había quedado atrás. A partir de ahora debía mirar por y para mí. Crecer ante estas adversidades, me habían pasado factura. El precio había sido demasiado alto, doloroso y con peligro de muerte. Pero gracias a Dios, a mis queridos Orishas, los espíritus que me acompañan, los ángeles que me iluminan y a todo lo que me administra he podido sobrevivir. A lo que sin duda fue la experiencia más triste, devastadora y desoladora que nadie pueda imaginarse jamás. Mi pobre corazón quedó reducido a cenizas, que a su vez se dispersaron sin control, dejándome expuesta a un gran desconcierto, como un témpano de hielo vacío sin consuelo y desprovisto de vida. He tenido que aferrarme a un clavo ardiente para no claudicar, para no renunciar a la vida, ni a la posibilidad de volver a amar. Pero aún lo amo a él contra todo pronóstico y contra toda lógica. Él es el absoluto dueño de mi desvalido y débil corazón. Pero ya no puede tomar las decisiones de mi razón, mi mente lo ha superado y ha tomado el control. Ahora me levanto como el ave fénix y reluciré cual pavo real, pavoneándome ante el gran desafío de la conquista.

Utilizaré todos mis recursos y el aprendizaje que él me ha legado para ascender, brillar y florecer. Me aferraré a la vida, el amor, la pasión y daré rienda suelta al desenfreno sensual y sexual que llevo por dentro. Sucumbiré a los pecados de mi mente y me daré permiso para explorar cada milímetro de la anatomía de mi cuerpo. Seré capaz de dar y recibir, sin prejuicios ni vergüenza. Me entregaré sin miramientos a las fantasías más ocultas y los placeres más censurados. Viviré, amaré y no me permitiré sentirme mal por ello en ningún momento. El tiempo será testigo de mi gran devoción, de mi amor incondicional, de mi total entrega. Pero también de mi inesperada resurrección, la rebelión de un orgullo destrozado y baldío, de un camino de libertad espiritual, carnal y social sin precedentes en la historia. Un verdadero himno de una mujer despechada, la fiera más temible de la selva, un peligro incontrolable e impredecible. La Dama en el ajedrez desafiante, altiva, contundente y demoledora. Capaz de derrocar al mismísimo rey sin contemplaciones. Será entonces cuando por fin sabrá todo aquello que ha perdido.

Y yo podré estar en paz conmigo misma, volveré a mirarme al espejo y sentirme orgullosa. Respiraré sin que duela mi pecho y caminaré altiva ante todos sin resquemor. Seguiré amándole en silencio y lo haré mío mientras pueda, pero ya nunca más podrá pisotearme como una mala hierba como hizo antaño. Ya no podrá causarme tanto daño porque he sellado ese acceso definitivamente. Con mucho esfuerzo y dedicación he logrado separar la mente del corazón y no dejaré que vuelva a unirlos en su beneficio propio jamás. Será contigo…, pero sin ti como está destinado a ser, salvo que en esta ocasión yo llevaré la delantera. Sin sucumbir en las arenas movedizas de su mundo cruel y sin sentido.

Él será el capitán, que navega sin rumbo fijo en busca de un puerto seguro, sorteando las olas y las brumas del ancho mar. Mientras yo seré ese faro altivo en la distancia, que le recuerda donde la tierra se une con el mar y terminan las mareas sin cesar. Seré la fe que le guía, la esperanza que lo domina y esa caridad que un día perdió. Seré su luz y también su oscuridad, su luna y su sol, seré la guerra y la paz, el cielo y la tierra. Lo seré todo y no tendrá nada, porque ya lo habrá perdido con sus acciones vanas. Será entonces cuando al mirar atrás recordará mis buenas acciones, el cariño, el amor y la bondad. Y serán sus mejillas las que se bañen de tristes y solitarias lágrimas por un amor perdido, pero auténtico como el que un día le entregué.

Como bien dijo hace ya mucho tiempo una de mis autoras favoritas, Agatha Christie:

«Aprendí que no se puede dar marcha atrás, que la esencia de la vida es ir hacia adelante. La vida, en realidad es una calle de sentido único».

Así que a partir de ahora seguiría hacia adelante y tan solo me permitiría mirar atrás para recordar lo aprendido durante el camino recorrido. Me quedaré con lo bueno, lo positivo, lo correcto y viviré de los desafíos. Afrontaré las batallas y sortearé cada obstáculo sin perder la esperanza, el raciocinio ni el intelecto. Viviré y dejaré vivir, amaré y dejaré que me amen, disfrutaré y me dejaré arrastrar por la pasión, el amor, la sensualidad y el sexo como un día Dario me mostró. Me quedaré con eso, y fluiré con la corriente a ver hacia donde me arrastra. Tan solo me dejaré llevar…

Debía prepararme, en pocas horas había quedado con Joss para almorzar y tener una de esas conversaciones pendientes después de lo ocurrido la noche anterior. Pensando en esos momentos me ruboricé, al tiempo que se estremecía mi cuerpo al pensar en sus caricias y sus besos. Era muy agradable sentirlo en la intimidad, había logrado despertar mi curiosidad y un deseo diferente y sensual que no creí posible con otro que no fuera Dario. Me hizo sentir muy especial, tuve auténticas ganas de repetir esa experiencia con Joss lo antes posible. Mi libido había vuelto a despertar, estaba viva nuevamente y mi mente echó a volar junto a la imaginación sin sentido alguno. De repente… solo quería volver a verlo y besar esos carnosos labios sin remordimientos y con ardua pasión. Ufff, eso era nuevo sin duda alguna. Puede que haya tomado una buena decisión dándole una oportunidad. Ya que él se deshacía en atenciones, destilando virilidad por todos sus poros hacia mí. Divagaba por estos pensamientos, mientras inconscientemente mordía mis labios con pura excitación. Podía sentir cómo se estremecía mi interior en respuesta a una lujuria repentina fuera de contexto y sin razón aparente. Mi teléfono me devolvió a la realidad sonando sin cesar, era Dario. Absolutamente increíble, ni con el pensamiento dejaba que lo traicionara ese chico. Que me traía de los nervios si duda:

—Nena, al final he sacado un hueco y voy al puerto, no puedo irme sin volver a besar esos labios tuyos que me tienen sin juicio —hablaba sin darme chance de responder—, sobre las seis y media estaré allí para recogerte, no me pongas excusa alguna sabes que me voy pasado mañana, ¿vale?

A ver, ¿qué broma del destino es esta? No me dan ni un respiro, miré al cielo en busca de una salida, sin resultados ni respuestas. Tocó improvisar, así que respiré profundamente y le contesté:

—Mi vida, pero ¡qué me dices! Pensé que ya no te vería hasta tu regreso, haré todo lo posible por estar lista a esa hora, pero he quedado para almorzar y no sé si lo lograré.

—Pues claro que sí, un almuerzo no puede tardar toda el día. Te veo luego, tengo muchas ganas de ti. —Y colgó.

¡Ay, mi Dios! Por qué me castigas con este tormento, ni come ni deja comer este chico. Automáticamente desapareció el deseo de volver a ver a Joss, pero no podía eludir nuestra cita, así que pa'lante como dicen en mi tierra.

Llegó la hora acordada y Joss, que presume de una intachable puntualidad, ya me esperaba por debajo de casa. Yo estaba lista, al menos en lo que arreglada, vestida y maquillada se refiere. Porque mentalmente solo tenía jaquecas y confusión. No me podía creer que estuviera nadando así entre dos aguas, y me pusiera en inminente peligro de perecer sin aviso alguno por mi propia cabeza. Ya me lo había advertido Orula hace unos años, el mal que llega por mi propia cabeza, la profecía que me vio nacer en esta consagración, «Osogbo akogba intori elegda». Debía tener mucho cuidado con mi Orí, y hacer más caso a mi intuición. Si no me vería enredada en cosas y situaciones como estas.

Decidí optar por un vestido sencillo propio del verano, ligero y alegre, para disimular mis sentimientos encontrados y la angustia que me comía por dentro. Me calcé unas sandalias color verde oliva a juego con unos pendientes verde limón para no llamar la atención en mi cara de Póker. Antes de salir por la puerta me persigné, recé el padrenuestro y un avemaría. Me encomendé a todo lo que me protege y administra. Le pedí a mi Eleggua que abriera mi camino, ese escabroso e inmoral que justo iba a comenzar. «Ya está», dije para mis adentros, tocaba jugar la partida en dos flancos diferentes y saldría todo bien. Al menos eso quería creer a toda costa.

Respiraciones profundas, paso firme y seguro, cabeza en alto y pecho fuera. Así con esa altivez y convicción llegué a donde estaba Joss. Que me recibió con una sonrisa tan sensual y sincera que tocó mi corazón. Me atrapó entre sus manos y me besó sin darme tiempo a reaccionar, le devolví el beso con ternura y deseo. Fue como si de repente pudiera estar con él sin pensar en nada más. Mi mente consiguió activar un interruptor que salvó la situación, pero tuve el cuidado de instalar un temporizador, porque a las seis y media debía verme con Dario, y eso no era negociable. Teníamos tres horas enteras y un poco más los dos juntos. Esa nueva actitud y renovada mentalidad comenzó a surtir un gratificante resultado en mi mente, mi cuerpo y en toda mi alma. Por fin ya no me sentía culpable, sucia o mala persona. Era solo un nuevo modo de supervivencia, Dario se marcharía a Cuba por un largo tiempo, era lógico despedirme de mi gran amor prohibido.

¿Y Joss? Estaba aquí con él y le dedicaría estas dos semanas. Además le había sido muy sincera, nunca le dije que fuera completamente de él ni mucho menos.

Así que en la tierra amor y en el cielo gloria, o algo parecido. Ya podía continuar con mis dos amores a la vez, ambos diferentes, sensuales y prohibidos. O quizás no tanto, pero sí desafiantes, arriesgados y la mar de excitantes. Difíciles y divertidos, estresantes y osados, pasión y sexo, lujuria y romanticismo, besos robados, caricias perdidas. Un mar de sensaciones desproporcionadas y atrevidas. Una montaña rusa mucho más original, entreverada y retorcida que ninguna otra que hayamos vivido jamás. Con riesgo de caer en picado y perecer, pero llena de una adrenalina que era incapaz de rechazar, y a la que corría con los brazos abiertos sin temor a caer, deseando más y más. La droga a mi medida que nunca hubiera podido imaginar, mi total adicción y la mayor perdición. Que me perdone el Señor porque he pecado, y lo que es peor, seguiré haciéndolo. Arderé en el infierno de mis pasiones o conseguiré el paraíso del placer. Eso está aún por ver, de momento intentaré disfrutar del proceso sin remordimientos.

Me centré en mi papel como un actor a su guion, sin fallos, sin nerviosismo y con total entrega. Ahora el protagonista era Joss, centraría mi atención en él y le daría un buen motivo para desear nuestro próximo encuentro. Con esta convicción me senté a su lado en el coche y lo tomé de la mano con una sonrisa en mis labios y una mirada pícara. Él me siguió la corriente y, antes de poner el coche en marcha, se me abalanzó encima para volverme a besar. Fue muy ardiente y rompedor este último beso, me puso toda la piel de gallina y mi estómago se removió con deseos de mucho más. Nos pusimos en marcha, como dos enamorados cruzábamos miradas de complicidad y deseo, sonreíamos tranquilos y cómodos el uno al lado del otro. Había decidido llevarme al Sauzal, a un pequeño restaurante que está situado en un bello mirador. Del que se podía disfrutar de unas vistas de ensueño llenas de magia y fantasía, que nos invitaban a quedarnos sin tan siquiera hablar. Era una tarde maravillosa y si les soy sincera no quería que terminase. Hubiera seguido así con él sin pensármelo dos veces. Era muy fácil estar con Joss, te hacía sentir muy especial y querida en todo momento. Y sus besos podían transportarte a lugares desconocidos, porque irradiaban una gran pasión y sensualidad que te envolvían sin remedio, invitándote a seguirlo en su particular juego de amar.

El tiempo pasó sin darme apenas cuenta, mientras que mi libido iba en aumento sin control. Lo deseaba, quería que me hiciera el amor sin dilación, pero no podía permitirlo, era demasiado para mí. Sabía que la cita con Dario terminaría con sexo, y no podía estar con los dos de esa forma. Tener dos amores a la vez es una cosa, jugar con algunos besos, caricias y arrumacos. Y otra muy diferente era tener sexo con los dos en un mismo día, eso sí que no. Era suficiente atrevimiento y demasiado el desparpajo. Las líneas que ya había cruzado superaban con creces ninguna otra anteriormente alcanzada. Solo me repetía una y otra vez que el propio Dario lo había provocado, lo pidió a gritos y yo le complací. Aunque ahora me gustaba esta situación particularmente peligrosa e impura contra todo pronóstico.

¡Madre mía!, iba por muy mal camino. Jugando con dos amores a la vez sin tan siquiera sentir arrepentimiento por ello. ¿Quién era esta chica y dónde estaba Yameli? Se quedó escondida o extraviada en algún momento, tanto dolor y sufrimiento le han producido una terrible contusión, su cerebro ha colapsado y ahora ha dejado de ser cándida, amorosa, sincera y fiel. Ya no se entrega solo por amor, ahora se entrega al deseo y el más morboso placer carnal sin miramientos, sin censura, con desparpajo y absoluto descaro. Me he convertido en la versión femenina de un Dario cualquiera. ¡Ay, Dios mío, sálvame de esta!

Joss me devolvió a la realidad con uno de esos besos que me hacen perder el aliento. Y por suerte dejé de divagar en las penumbras de mi mente más arcaica y anticuada. Recuperé la compostura y seguí con el papel. Y de repente… el deseo se apoderó de mí nuevamente, no podía sucumbir a este pecado mortal, eso no. Eran casi las seis, así que le dije que debíamos marcharnos, mañana volveríamos a vernos. Le prometí que no pondría objeción, ni restringiría tiempo alguno en esa ocasión. Él pareció quedarse conforme, no quería presionarme y yo se lo agradecí de todo corazón. Necesitaba estar tranquila y relajada para encontrarme con Dario en tan solo unos minutos. Me dejó por debajo de casa y se despidió con un beso ardiente que me hizo estremecer mientras me decía lo mucho que me deseaba, y las ganas que tenía de hacerme suya una y otra vez. Yo tuve que hacer de tripas corazón para no caerle arriba y darle esa satisfacción.

Prometiéndole que mañana podríamos disponer de todo el tiempo del mundo y que le deseaba mucho a él también. Algo que era totalmente cierto al cien por cien. Salí del coche a toda prisa porque, sinceramente, una parte de mí no quería salir de allí, solo deseaba que Joss me hiciera suya, entregarme a él y disfrutar de sus caricias. Pero la otra parte quería correr a los brazos de Dario y entregarme a mi dios del trueno en una batalla de sexo y desenfreno sin parangón.

Definitivamente no tenía remedio alguno, estaba perdida en una madeja de pecados sin sentido y amores descontrolados. El apacible río de suave corriente se había transformado como por arte de magia en turbulentos y peligrosos rápidos sin rumbo fijo, que me arrastraban sin poder hacer nada al respecto. Iba a la deriva por aquel escabroso camino, a un lado Joss con su frescura y un nuevo enfoque; al otro mi mundo, mi perdición, mi eje, mi centro, Dario con su sucio mundo inmoral de acciones impuras y pecados delirantes. Que me atraía como el imán al metal, sin remedio ni alternativa posible.

Llegué a casa, me di una rápida ducha, recogí mi pelo en una coleta informal, me puse otro vestido y justo entonces recibí un mensaje de Dario:

DARIO
Hola nena, ya estoy aquí, te espero por arriba donde el chiripa, no tardes.

YAMELI
Ya salgo mi vida.

Alcancé a contestar. Ufff, por los pelos, justo había terminado de prepararme. Una vez más me persigné y salí a encontrarme con mi gran amor prohibido.

Él estaba allí, esperándome a la entrada de mi edificio, como si nunca hubiera roto un plato en toda su vida. Su aura envolvía todo mi ser, y me atraía sin contemplaciones. Solo existíamos nosotros dos cuando estábamos tan cerca, nada se interponía ante esa maravillosa, a la vez que perversa, atracción fatal que nos alejaba de toda realidad, haciéndonos sucumbir a uno en los brazos del otro sin control ni remordimientos. De repente… se despejó toda duda, todo volvía a tomar sentido y la tierra giraba una vez más sobre su eje alrededor del sol. El universo entero se postró ante nuestro amor sin dudas, sin lamentos, abriendo todo un abanico de posibilidades hasta el infinito y más allá.

Me besó dejándome sin aliento en lo que me decía:

—Vamos, tengo reservado un sitio para nosotros. No pensarías en ningún momento que te librarías de mí tan fácilmente.

Lo miré profundamente sonriendo, y pletórica de felicidad, antes de contestarle:

—No, mi vida, ni por un instante pretendía renunciar a lo nuestro, sea lo que sea que tengamos. Te necesito como al aire que respiro y te deseo aún mucho más.

Él pareció muy contento con esa respuesta y decidió no tocar el tema de Joss en ningún momento. Nos montamos en su coche y me dejé llevar por mi Adonis hacia nuestro nido de amor, pasión y lujuria, sin rechistar.

Para mi sorpresa me llevó a un paraje alejado de toda civilización, desde donde se podía apreciar casi todo el litoral norte de la isla. Nunca había visitado ese lugar, era como sacado de un cuento de fantasía irradiando una energía similar. Aparcó el coche y me miró con esos bellos ojos color esmeralda que me calaban hasta los huesos, mientras sus manos buscaban mi cuerpo, que temblaba de emoción. Sin apartar su mirada de la mía se inclinó y me besó. En ese instante desapareció la línea que nos mantenía alejados, nuestras almas volvieron a fundirse en un abismo de intensa pasión. No existía nada ni nadie capaz de separarnos, cuando por fin convergían así nuestros respectivos centros. Yo le pertenecía, y él a mí también. Nos amamos como dos adolescentes a escondidas del mundo, en el coche. A la vista de la madre naturaleza, que nos acogía en un remanso de paz y amor mientras nos envolvía con sutiles caricias en forma de brisa celestial. No hacían falta las palabras, sobraban las explicaciones, eran los gestos, las caricias, las miradas llenas de intensa pasión y deseo carnal vívido y latente. Lo que nos movía al unísono con nuestros cuerpos, ardientes y desesperados por tanta necesidad de amor. Me hizo suya y le hice mío una y otra vez, nada parecía suficiente. Mi amor era mucho más grande y puro que el dolor y las penas de mi corazón. Se borró todo del tirón, desapareció la sed de venganza y dio paso a esa necesidad de tenerlo contra todo pronóstico y durante todo el tiempo. Siempre había sido él y solo él el absoluto dueño de mis sueños, mi perdida adicción, mi mayor verdugo y el responsable de mis más sublimes placeres. Solo quería deleitarme con sus besos, sus caricias y su cuerpo sin pensar en nada más.

Entre una caricia y otra, mientras sucumbíamos a nuestros más íntimos deseos, fantasías, y nos entregábamos a un sexo desnudo de tapujos, tabúes y prohibiciones se hizo de noche. El ardiente sol le dio paso a la sensual luna, que nos abrazó en su manto astral y sublime con devoción. Haciendo de aquel momento una escena romántica inolvidable, que marcaría nuestras vidas sin duda alguna. Y bajo su misterioso influjo Dario me miró y dijo:

—Te echaré de menos cada día, no importa con quien esté, solo quiero que lo sepas.

Entendí perfectamente lo que quiso decirme con eso, habría otras aventuras en Cuba y posiblemente aquí también, pero lo nuestro era diferente porque trascendía más allá del simple acto sexual, más allá de una relación convencional. Estábamos hechos él uno para el otro a un nivel mucho más elevado, como dos almas gemelas que por fin se encuentran en este plano terrenal y no pueden ni quieren escapar. Porque se atraen, como la misma gravedad nos mantiene con los pies en la tierra, literalmente. A pesar de entregarnos a otros cuerpos, de experimentar y soñar, volveríamos a chocar siempre con más y más fuerza porque era nuestro destino celestial.

Tragué en seco ante aquella confesión de mi amado, solo de imaginarlo dolía mi alma. Pero ese era un precio que tenía que pagar por disfrutar de mi pecado favorito de vez en cuando. Yo tampoco estaba libre de falta teniendo en cuenta mis actos recientes con Joss, y la determinación de seguir esa línea. Así que me armé de valor al contestar:

—Yo también a ti, mi vida, sabes que mi corazón te pertenece nos guste o no admitirlo.

Él me miró con ternura y volvió a posar sus labios en los míos. No había sido suficiente, necesitábamos otro asalto en ese mundo de sexo magistral que tan bien se nos daba a ambos.

Degustó mi cuerpo con sus dulces labios centímetro a centímetro dejándome sin aliento en más de una ocasión. Sus manos recorrieron mi cuerpo justo detrás de su boca, explorando cada orificio sin restricción, con delicadeza extrema y sensualidad infinita. Me elevó del asiento para sentarme encima de su cintura, y dejar en mi interior todo su ser con vigorosa dedicación.

Me amó y le amé como si no existiera un mañana, nuestro clima no se hizo esperar y juntos llegamos al cielo de nuestro Edén particular una vez más. Un paraíso que solo nosotros podíamos visitar y estaba vetado para el resto de los mortales, nuestro nido de amor incondicional. Él era mi Adán y yo su Eva, y solo Dios todopoderoso podía separarnos en realidad. Nada ni nadie conseguiría alejarnos completamente hicieran lo que hicieran. Estábamos conectados por fuerzas superiores a nosotros mismos, una condena perpetua y trascendente que nos unía a los dos. En esta dimensión, y puede que también en la siguiente, eso solo lo sabe nuestro Creador y su testigo sagrado, tal vez. Pero nosotros, nosotros no. Solo éramos meras marionetas de un destino travieso y juguetón que nos traía del tingo al tango.

La noche invitaba a quedarnos, pero se hacía demasiado tarde y Dario aún tenía que dejarme en casa para regresar al sur. Viajaba en un día, y aún tenía que terminar con el equipaje. Además recuerden que no estaba solo, vivía con aquella, la que antes fuera su vecina. En fin, hora de marcharse…

Ya en la puerta de mi casa me dijo:

—Pórtate bien, nena —mientras una sarcástica sonrisa aparecía en su rostro.

—Haré lo posible, mi vida —le respondí con inusual desparpajo mientras nos besábamos con frenesí y devoción.

Su olor invadía todo mi cuerpo y su esencia todo mi ser, me estremecí de puro placer al verle alejarse en su coche sabiendo que no le volvería a ver en varias semanas. Mi mente regresó a la realidad y recordé con rubor que al día siguiente volvería a ver a Joss.

Segundo capítulo

Esa noche no pude sino soñar con mi gran amor, mi mente flotaba junto a su alma con devoción y anhelo. Hubiera deseado que las circunstancias fueran otras y no separarme de él ni un solo instante, pero esa no era la vida real. Solo era parte de mis fantasías más añoradas, de un sueño delirante y sin base alguna. Viviría con esa necesidad, mientras yo misma me entregaba a otros brazos, otro amor, otro cuerpo. Sería la única posibilidad de compartir traiciones y aventuras con mi perdición y amor prohibido. La otra cara de la moneda, el lado oscuro de la luna que muchos pretenden ignorar, pero que yo enfrentaba con inusual valor y convicción.

La noche se hizo eterna y el amanecer tardío, pero sobreviví. A la mañana siguiente volvía a ser la mujer decidida y arriesgada, que, contra toda barrera, intentaba ser feliz. Me puse de pie de un salto y me fui corriendo a la ducha, el agua era mi medio de desconexión natural, y cuando corre por mi cuerpo me libera de las peores sensaciones, me aporta mucha paz y tranquilidad. Apacigua mi mente y calma mi espíritu interior, dándome las respuestas necesarias y marcando los pasos a seguir. Después de una larga y reconfortante ducha volvía a ser yo misma. Estaba lista para el resto de la jornada y para un nuevo comienzo. La luz opacó a la oscuridad y pude respirar una vez más sin dificultad ni desasosiego. Tocaba escribir otro capítulo en la nueva historia que marcaría una nueva vida, al menos esa era la intención.

De repente…, sin tan siquiera pensarlo, cogí mi móvil y le escribí a Dario:

YAMELI

Mi vida te deseo un próspero y feliz viaje, espero que todo salga muy bien. No te olvides de pensar en mí, yo te mandaré mis buenas vibraciones y las mejores peticiones cada día. Sé que no te gusta escucharlo, pero te quiero y mi corazón estará contigo aunque mi cuerpo no lo esté.

Escribí sin miedo y con la convicción de que no recibiría respuesta alguna, él no era de esos, y estaba segura de que no sería de su total agrado tanta cercanía y preocupación por mi parte. Pero me daba igual, sentí la necesidad de expresar mis sentimientos y ya está.

De todas formas qué más le daba otra raya al tigre, como suelo decir. Ya el pescado estaba vendido y las ganancias repartidas. Nada más por perder que ya no hubiera perdido. Sosegué mi alma y tranquilicé mi conciencia, me despedí a mi manera e intenté pasar página.

Continué con mi día intentando llamarme a la normalidad. Me puse con las cosas de casa, eso me mantendría ocupada durante algún tiempo, escuchando música y entre los quehaceres cotidianos pasaría el rato. Esa misma tarde había quedado con Joss para cenar y tener una velada privada diferente y prometedora. Me iba preparando psicológicamente para la transición de un amor a otro, de la noche al día y el cielo a la tierra. El miedo al fracaso ya estaba superado, la tensión subía junto a la adrenalina causada por la expectativa del futuro incierto y peligroso que yo misma había escogido. «No hay vuelta atrás, que sea lo que Dios quiera, literalmente», pensé. En lo que un inesperado mensaje me sacó de mis conjeturas improvisadas. Era Dario:

DARIO
Hola nena, yo también te echaré de menos y te pensaré, aunque mi cuerpo esté al lado de otra serás tú la que esté en mis sueños, un beso allí donde se pierden mis sentidos.

Ufff, contestó, y cómo. Me hizo recordar uno de mis versos favoritos de una antigua canción de mis tiempos juveniles de Rodolfo Aicardi, *Naila*:

«Hoy no le pido al cielo que te mandé
más castigo que estés durmiendo con otro
y estés soñando conmigo…».

Definitivamente aplicable a los dos para variar esta vez. Se ajustaba a nuestra atípica situación como anillo al dedo. Y mi mente voló a su encuentro para apretarme con fuerza a su regazo y no dejarlo marchar. Nos quedaríamos juntos en otra dimensión no visible, ni palpable por nadie más que nosotros mismos. Y seríamos eternos amantes de mente y alma, mientras nuestros cuerpos separados sentirían pasiones ajenas con caricias diferentes a la vez que placenteras. Seguiríamos amándonos en silencio como si no existieran las barreras, ni la distancia, ni el tiempo. Solo el amor, la pasión y todo eso que no se atrevía a reconocer, pero en el fondo sentía, como lo hacía yo por él.

Decidí quedarme con sus alentadoras palabras y no romper la magia diciendo nada más. Ya volveríamos a vernos en algunas semanas. Ahora tocaba continuar.

El destino, que no parecía darme tregua alguna, hizo otra de sus mil jugarretas y acto seguido me llamó Joss:

—Hola, Yameli, espero que hayas descansado, mi vida, porque hoy tengo una sorpresa para ti.

—Hola, cielo, ¿sí? Cuéntame, ¿de qué se trata?

—Tú solo prepárate, deberías coger una muda de recambio por si acaso, y también traje de baño, no se sabe a dónde nos llevará este día.

—Pues sí que te has esmerado en dejarme intrigada, cariño. Vale, te daré el gusto y no preguntaré más —le dije quedándome bastante en ascuas.

Pero él no soltó prenda y me dijo como si nada:

—Te recojo en una hora, un beso. —Y colgó sin más.

Vaya, la verdad es que su actitud no dejaba de sorprenderme, además de que cada vez se asemejaba más a la de Dario. Sacudí la cabeza intentando deshacerme de esos pensamientos insanos, la comparación no me llevaría por ningún lado bueno. Aunque, la verdad, se parecían mucho más de lo que hubiera imaginado.

No pude sino darme mucha prisa, en realidad una hora no da para tanto, debía prepararme a conciencia si quería pasar por la dura prueba de transición entre Dario y Joss, mis dos amores prohibidos y encontrados sin contemplación. Menuda situación había provocado, la verdad era que no se me hubiera ocurrido ni en mis peores momentos que yo podría ser capaz de algo así en la vida. Pero las sorpresas no hacían más que aparecer en mi existencia una y otra vez.

La cuenta atrás terminaba, Joss me escribió para decirme que me esperaba en nuestro lugar de siempre. Ufff, a por ello, la suerte ya estaba echada, las cartas repartidas y ahora tocaba jugar esa partida. Como me sorprendió con sus consejos acerca de llevar una muda de recambio no dudé en preparar un bolso típico de acampada o algo por el estilo. Metí cholas, bañador, toallas, protección solar, gorra, una muda de ropa extra por si acaso, y me puse tenis, short y camiseta por si se trataba de alguna caminata, yo qué sé, improvisé como pude. Aunque también metí un ropón de noche y algo de lencería por si las cosas se volvían más románticas.

Salí decidida a pasar una tarde noche diferente y espectacular junto a ese modelo de revista que me esperaba ansioso. Un chico joven, guapo y musculoso lleno de vida y energía para dar y llevar. Que solamente deseaba una cosa en estos momentos, a mí. Le daría la satisfacción de entregarme sin miramientos, límites o barreras. Estas dos semanas juntos serían tal y como él las había imaginado, o inclusive aún mejor. De eso tenía que encargarme yo, era lo mínimo que podía hacer por mi querido Joss. Para devolver en parte todo lo que él había hecho por mi autoestima, y por mí todo este tiempo. Merecíamos una oportunidad, era ahora o nunca, así que sería ya.

Él me esperaba con una sonrisa en esos carnosos y sensuales labios suyos, iba vestido de modo informal: sandalias, shorts vaqueros y camiseta de mangas cortas. Curioso que ambos hubiéramos apostado por un look similar y veraniego. Me encantaba que estuviéramos en tal sintonía, era como poco curioso. Nos reímos los dos a la vez como dos niños que acaban de hacer una de las suyas. Al verlo mi cuerpo se relajó automáticamente, era muy fácil sentirme cómoda en su compañía. Me devolvía el alma al cuerpo tenerlo cerca, era como un soplo de aire fresco, una delicia turca de esas que te roban la razón y no puedes dejar de comerlas, aunque sepas lo dañinas que pueden llegar a ser.

—Hola, cielo, ¿cómo estás? —le dije al aproximarme mientras involuntariamente mis labios se posaban en los suyos.

No lo dudó un instante, me agarró con fuerza hacia él y me besó con desmedida pasión.

—Te he echado mucho de menos, Yameli —me dijo con ternura.

—Yo también a ti —le dije volviéndolo a besar.

Él me miró fijamente, como si en el fondo supiera que había estado con Dario la noche anterior, o quizás solo era mi conciencia, que me recordaba la terrible situación en la que me había visto involucrada. Caminando por esas arenas movedizas tan peligrosas, unas cuerdas flojas de traición y desamor rodeadas de intriga y pasión. Sacudí la cabeza tratando de eliminar esos pensamientos que no eran adecuados ni sanos, me degradaban hasta el subsuelo y entonces ya no podría mirarlo a la cara, que sin darme cuenta enfocaba hacia el suelo.

Él, que era tan inteligente y listo a la vez, me levantó la barbilla con delicadeza mientras me decía:

—Sé que no ha sido fácil para ti, cariño, pero te prometo que te lo compensaré. Has hecho lo que has tenido que hacer, no cuestiono nada, solo quiero que me permitas amarte, darte todo lo que mereces y deseo. Regálame una de esas sonrisas tuyas que me dejan sin aliento, anda.

Su palabras calaron tan hondo en mí que, sin darme tiempo a reaccionar, las lágrimas rodaron por mis mejillas de emoción y vergüenza al mismo tiempo. Él las secó con sus manos y me besó con tal ternura que se aflojó todo mi cuerpo. De repente… solo quería que me abrazara y me hiciera suya por mucho, mucho tiempo. Joss era lo mejor que podía pasarme, era un regalo del cielo, una recompensa divina por todo el sufrimiento anterior. A su lado era reina, princesa y querida, era importante, deseada, respetada y bendecida. Él me aportaba luz, seguridad, estabilidad y amor. A la vez que me daba un placer desmedido con sensibilidad y devoción, con su sensualidad y carisma, sus atenciones y sus buenas maneras. Era mi preciada tabla en el mar, mi salvación, mi esperanza. Supe en ese preciso instante que me aferraría a él con toda la fuerza de la que fuera capaz.

Respiré profundamente, alcé la mirada y le dije con dulzura:

—Llévame a algún lugar lejos de aquí, comencemos de cero.

—Por supuesto, mi vida, tengo una sorpresa preparada para ti, quiero que nos escapemos de todo y de todos para amarte hasta que ya no puedan más nuestros cuerpos.

Nos montamos en el coche y, como dos amantes en plena conquista, salimos en busca de la aventura prohibida de un sexo seguro, directo y extremo. Joss sabía a dónde nos dirigíamos, yo no tenía ni la más remota idea, pero me sentía segura a su lado, podría ir al fin del mundo y aun así estaría bien. Él me miró interrogante y me preguntó:

—¿No quieres saber a dónde vamos?

Yo le contesté enseguida:

—Lo sabré cuando lleguemos, me fío de ti y de tu buen gusto, cielo —sonreí con sinceridad.

Sentí libertad y total plenitud al tomar la decisión de amarle y permitirle que él lo hiciera. Era como volver a nacer, tener una nueva vida en tu mismo cuerpo, una segunda oportunidad de ser feliz, otro cuento de hadas, pero sin brujas malas, ni ogros, sin guerras, ni lamentos. Un lienzo en blanco, un nuevo sendero sin piedras ni rocas atravesadas, un apacible río de suave corriente, sin rápidos extravagantes o cascadas tan pendientes. Era como la primavera, llena de luz, colores y vida en cada rincón. Con animales silvestres y todo tipo de insectos pululando a nuestro alrededor. Como una canción de cuna en un remanso de paz. Me gustaba esa sensación, esa seguridad, y ahora solo quería disfrutar de ella sin pensar en nada más.

Sin duda, Joss se había informado de cada lugar, restaurante y cada sitio agradable de la isla. Era increíble que pudiese llevarme a lugares desconocidos para mí, si la que vivía aquí era yo. Aunque en realidad ya saben que la vida real es muy diferente al turismo o las añoradas vacaciones. Te centras en el trabajo, los trámites y las trivialidades diarias sin vivir realmente. Te pierdes muchas cosas y no llegas a conocer realmente tu propio entorno. Fuimos a unos charcos en Garachico alejados de toda civilización, él llevaba todo un picnic en el maletero del coche, no le faltó detalle, hasta flores frescas y un pequeño jarrón para colocarlas. Había comprado frutas (uvas, manzanas, peras, picotas), queso, jamón serrano, tostadas y vino. También tenía agua, zumo y una botella de cava. Nada, que no faltaba detalle alguno en un paisaje de película, buena comida, bebida, y un hombre que solo quería agradarme a mi lado. Debía estar en un sueño, porque normalmente esas cosas no me pasaban a mí. Sonreí al pensarlo y no pasó desapercibido para él, que me tomó de la mano y me dijo:

—¿Te gusta mi sorpresa, cariño?

—Me encanta, cielo —respondí inclinándome hacia él para besarlo apasionadamente.

Ese fue el gran detonante de un intenso comienzo carnal lleno de lujuria, pasión y desenfreno sexual entre los dos. Allí, frente al inmenso océano Atlántico como único testigo de nuestra entrega, nos amamos con frenesí. Poco a poco nuestras ropas se iban desprendiendo de nuestros cuerpos como por arte de magia, para terminar como Dios nos trajo al mundo encima de una toalla, colocada con antelación en una laja de piedra. Justo al lado del acantilado que nos apartaba del resto del mundo.

Era la primera vez que permanecíamos al descubierto uno delante del otro, nuestros cuerpos desnudos y nuestra intimidad expuesta sin velos, ni sombras, solo la intensa luz del astro rey, que nos permitía mirarnos y descubrir todo lo que teníamos para ofrecer. Sus ojos me observaban con detenimiento mientras me devoraba con su mirada lasciva y profunda. Sus manos exploraban mi silueta con delicadeza extrema, como si fuera de fina porcelana y tuviera miedo de que me fuera a romper de un momento a otro. Yo lo miraba también con deseo admirando cada fibra de su perfecto y masculino cuerpo, que llamaba a gritos un apareamiento animal. De esos que no requieren esfuerzo ni pensamientos, solo fruto de la necesidad carnal, sexo en el nivel más sagrado y primitivo, ese que solo se logra en un entorno como este, con la gravedad a nuestro favor. Ese que no se hizo esperar, sobraban las palabras, era el momento de actuar en consecuencia de nuestros instintos más salvajes.

El segundo asalto fue explosivo, demencial y fuera de toda expectativa formada con anterioridad. Sus labios se posaron en mis pechos mientras sus manos corrían sin cesar desde mi espalda hasta la pelvis en busca de mucho más, mis manos seguían su anatomía con destreza buscando su virilidad y nos fundimos en un sexo a lo bestia, salvaje y vigoroso. Me hizo suya con fiereza, con ganas desmedidas y pasión incontrolable. Yo le seguí los pasos con inusual desparpajo y total entrega. Me amó y le amé sin el más mínimo atisbo de vergüenza, pudor, temor o decoro. Nos dejamos llevar sin pensar, solo actuamos por puro placer sin miramientos, ni limitaciones, solo sexo y más sexo. Su boca recorría mi cuerpo sin censuras ni preocupaciones, mis manos se aferraban a su piel retorciéndome de tanto placer. Y cuando penetraba en mi interior su calidez quemaba mis entrañas, nos sincronizábamos como una pieza de vals bien ensayada, y danzábamos al mismo ritmo sin cesar, de arriba abajo, de un lado al otro, llevados por una música que solo sonaba en nuestro interior. Con el compás perfecto de una filarmónica en pleno concierto armónico y celestial. Tan sublime, carnal, poético y sensual como una ceremonia nupcial en los primeros pasos del acto pleno. Así como las mariposas alzan su vuelo de flor en flor regalándonos sus pintorescas y sensibles alas, nosotros íbamos de lo simple a lo profundo en ese juego del amor sin raciocinio, inspirado en lo más carnal y fisiológico posible.

Nos quedamos abrazados, sin hablar por un largo tiempo, con la mirada perdida en el amplio mar que nos observaba desafiante y altivo. Yo fui la primera en incorporarme en busca de algo de ropa para cubrir mi cuerpo desnudo. Joss me cogió de la mano y, arrastrándome hacia él, besó mis labios y me miró interrogante:

—Ha sido una experiencia maravillosa. ¿Por qué no te quedas así conmigo? No cubras tu cuerpo aún, déjame disfrutarte hasta que me duelan los ojos de tanto hacerlo.

Sus palabras me privaron de las mías, era tan tierno y romántico que no podía dar crédito. Acaso eso era un sueño o la viva realidad, ni tan siquiera quería averiguarlo, no quería despertar. Le volví a besar y dejé la manta junto a mí mientras él solo me miraba. Hasta tal punto que la vergüenza se apoderó de todo mi ser, era tan privado y profundo que me sobrecogía sin remedio. Mi corazón estaba acelerado como una locomotora en las vías rápidas del tren, mi piel era de gallina y la temperatura se desordenó por completo. Por fuera estaba literalmente helada, por dentro me quemaba, me devoraba y estremecía. Comencé a temblar sin más, entonces fue él quien me puso la manta por encima cubriendo nuestros cuerpos y cuidando cada segundo con sutil tentación. Sirvió unas copas de vino y me puso una uva en la boca al tiempo que decía:

—No hemos probado bocado alguno, cielo, venga, comamos algo, nena.

—Sí, cariño, tienes razón, vamos a degustar este maravilloso manjar que preparaste con tanto esmero.

Y así, con toda la complicidad del mundo, nos echamos a reír como dos tontos enamorados. Mientras iban desapareciendo todos los comestibles y el vino simultáneamente. El crepúsculo hizo su aparición, apartando sutilmente a los rayos de sol, que se sumían en el ocaso de su descanso. Dando paso a una atmosfera embriagadora y sensual, activando nuestra libido una vez más, mientras la noche con su dulce manto de estrellas nos envolvía en su regazo provocando un fuerte deseo carnal, que nos llevó a un sexo de puro instinto sin comparación. Que fuimos apagando, junto a la escasa luz de la luna, que nos miraba desde el firmamento. Volvimos a amarnos, esta vez sin sutilezas, con ansias y descontrol, con apremio y con fervor, como si no pudiéramos frenarlo, imparable y amenazador.

Fue diferente, divertido, placentero y reconfortante pasar esa idílica velada con Joss. Estaba muy satisfecha de mi decisión, increíblemente no pensé en Dario ni una sola vez. Era raro a la vez que esperanzador. Por fin empezaba a liberarme de la sombra de su embrujo, pasito a pasito, suave suavecito, como la canción de Luis Fonsi. Pensaba y divagaba mientras conducíamos de regreso a casa ya bien entrada la noche. De cuando en cuando le sonreía y posaba mi mano en su muslo en señal de cariño, él estaba feliz y pletórico de satisfacción. Qué decirles, no puedo negar que yo también, era, sin duda alguna, un antes y un después en esta enmarañada historia que protagonizábamos los tres.

Mi mente había aceptado que se podían tener dos amantes a la vez y disfrutar de ambos apasionadamente. Era arriesgado, impuro, incongruente y muy, muy distinto a todo lo que hubiera imaginado jamás. Nada que puedas anunciar o de lo cual sentirte orgulloso. Pero… a su vez era un pecado goloso que te invitaba a sucumbir a sus garras y subir a esa montaña rusa llena de desafíos, peligros y caídas vertiginosas. Reverberaban las hormonas mientras la adrenalina tomaba el control, dejándome casi sin voluntad y provocando un placer desconocido hasta ese momento.

Tercer capítulo

La vida me había dado una segunda oportunidad para resarcir mi gran sufrimiento y dolor por amor después del terrible agravio recibido. Como un tirón de puerta en la cara, sin opción de cambio, un jarro de agua fría por encima sin más, ese horrible desplante que nadie quiere reconocer, contar o admitir. Pero que yo he vivido, sufrido y aceptado para poder ser capaz de superarlo y continuar conduciendo mi destino en este plano terrenal.

Quizás no ha sido la forma más correcta, acertada o pura, pero ha sido la manera que mi machacado corazón encontró para sobrevivir. Esa, a la cual mi mente dio paso, y mi alma ha abrazado para postergar mi existencia. Aun y cuando corre grave peligro de excomulgación, de quedar en pecado eterno y sin perdón alguno. Pero que humildemente ha aceptado, porque me he antepuesto a mí en lugar de a su salvación o iluminación. Le doy muchas gracias por ello. No la defraudaré y regresaré a la vida con más ahínco, deseos y fuerza que antes. Como dice la expresión: «Me comeré el mundo y seré feliz». El amor triunfará, aunque ese sea el amor por mí. Que a fin de cuentas es lo más importante. Si no nos queremos a nosotros mismos, ¿cómo podremos querer a alguien más? Según los psicólogos, y expertos en la mentalidad y las relaciones humanas, solo puedes dar aquello que tienes, no existe otro modo. Reforzar la autoestima, el autoconcepto y la autoimagen como bien predica el gran Antoni Bolinches en sus maravillosos libros y conferencias. Creador de la terapia Vital, que ha salvado a muchos de una depresión irreparable y ha ayudado a otros tantos para darse un llamado a la reflexión. Cambiando su mentalidad y posteriormente sus vidas drásticamente. Si algo puedo recomendar es mirar en nuestro interior, ahondar en nuestros miedos y liberarnos de nuestros tabúes y creencias limitantes, esas que muchas veces desconocemos tener. Que solo con una gran caída, un fuerte batacazo, somos capaces de descubrir. Es entonces cuando debemos sacudir la cabeza y abrir el corazón a nuevas experiencias atreviéndonos a vivir.

Volveré a resurgir de mis cenizas cual ave fénix y alzaré el vuelo bien alto. Dejando atrás todo lo malo, triste e injusto que me he visto forzada a vivir para poder proseguir. Amaré y dejaré ir al mismo tiempo, luego seguiré mi camino hasta volver a empezar. Quizás un día el verdadero amor toque a la puerta otra vez, y ya no tenga que seguir en este bucle de pasiones desmedidas. Esta entrega de arduas acciones sin sentido para suplir ese amor que se resiste. Superar su pérdida, su desaire, el desdén con que se retiró y que tanto daño me causó.

Seguiré por este camino y aprenderé de estas lecciones, mantendré a mi corazón a salvo encerrado a buen recaudo. Mientras mi cuerpo se entrega al placer de amores prohibidos en una espiral llena de pecado, sensualidad y lujuria sin decoro alguno. Dos amores a la vez sin realmente tener ninguno, pero con la férrea voluntad de encontrarlo, me doy la oportunidad de que así sea, me concedo el permiso de buscarlo.

Quedaban unos cuantos días antes de que Joss se marchara, y sinceramente no me apetecía que lo hiciera. Lo habíamos pasado muy bien juntos los dos, era sorprendente lo rápido que transcurría el tiempo en su compañía. Me sentía a salvo y arropada con él. Pero era consciente de que esa solo sería una sensación pasajera, y que cuando ya no estuviera aquí el vacío regresaría a mi interior añorando al causante de mi dolor, mi talón de Aquiles, mi perdición, Dario. Ojalá pudiera detenerlo y vivir ese idílico romance para siempre. Sería una magnífica solución a este trío amoroso compartido sin autorización explícita. Una gran oportunidad para sosegar al ego por la traición vivida. Navegaba entre esas oscuras reflexiones cuando sonó el móvil y me devolvió a la realidad, era él:

—Hola, cielo, espero que ya estés casi lista, recuerda que los recojo en breve.

En efecto, habíamos quedado para irnos al sur a pasar el día, esas cosas de la vida. Compró billetes en un catamarán para pasar una jornada en alta mar. Sabía que esa era mi gran pasión. Lo que no conocía es que era el entorno de Dario. Pero bueno, él no estaba en la isla, así que no habría sorpresas esta vez por suerte. Teníamos una linda aventura por delante, y en esta ocasión acepté que Saúl y su amigo Marvin nos acompañasen. No quería que se perdieran una oportunidad como esa, así que le dije al niño que Joss era un amigo, que vivía en Bélgica y estaba de visita, al que conocí en casa de Albert durante nuestra estancia en Miami.

No podía excluirlo de toda mi vida si iba a tener estos encuentros de índole social también. Ya iba siendo hora de salir del cascarón. Rehacer mi vida formaba parte de conocer a otras personas y tener otras relaciones. Saúl ya era un adolescente y sabía perfectamente que su madre tenía derecho a una nueva relación de pareja. Esa sería parte de la estrategia a seguir en esta etapa que recién comenzaba. Mi mente, ahora más abierta y desinhibida, daba paso a un comienzo diferente de amplio horizonte y nuevos despertares.

Todo estaba listo, los chicos estaban súper emocionados de pasar este día en el sur. Fue un acierto invitar a Marvin, así Saúl no se sentiría fuera de lugar y los dos disfrutarían de lo lindo. Además, el impacto de conocer un hombre diferente en la vida de su madre no sería tan brusco. Por eso le dejé como una sorpresa lo del barco, sería la guinda del pastel.

Recibí otro mensaje, Joss nos esperaba en el sitio habitual. Así que salimos a su encuentro. Al llegar los presenté a todos con aire informal, lo saludé con un beso en la mejilla y nos montamos en el coche. Teníamos un largo camino por delante. Era la primera vez que hacía semejante cosa, mi hijo no había conocido a Dario ni a ningún otro hombre en mi vida, salvo su padre. No es que hubiera tenido a nadie más, excepto mi aventura internáutica con Evan. En cualquier caso, era un gran paso que abriría nuevas oportunidades de futuro. Otra barrera superada, el desafío de toda madre soltera en algún momento de su vida.

Era un día maravilloso, el sol nos irradiaba dejando lugar solo para pasarlo bien, el mar estaba tan azul y apacible como el mismo viento, que solo soplaba cual brisa tranquila. Sin marejadas o ráfagas desagradables, una jornada digna de navegar, justo como necesitábamos. Ideal para zarpar y cursar el océano en busca de nuevas aventuras. Llegamos al puerto de las Galletas, donde se encontraba el catamarán que había contratado Joss, que para mí sorpresa era el Top Five Catamarán, justo el más moderno y vinculado a Dario, cuyo atraque estaba al lado de su antiguo restaurante. Esas casualidades de la vida que distan tanto de serlo, las típicas bromas del destino que nos dejan boquiabiertos. Los chicos no daban crédito, estaban súper felices con la sorpresa. Verlos sonriendo me llenaba de gran satisfacción, agradecí la decisión de aceptar la invitación de Joss, quien amablemente me había dicho que llevara a Saúl y a un amigo a esta excursión.

Al subir a bordo nos agasajaron con bebidas en señal de bienvenida, éramos los últimos en llegar, nos esperaban porque sabían que veníamos del norte, tuvieron el detalle de darnos unos minutos de cortesía en el embarque. Levantaron amarras y nos hicimos a la mar acto seguido sin dilación.

Pero ya saben que en mi vida nunca falta un roto para un descocido. Con las prisas de embarcar y la sorpresa de encontrarme en un lugar tan singular y de tanta connotación para mí no me percaté de que el capitán de a bordo era nada más y nada menos que Bertho, el amigo de Dario. Su esposa Helen también estaba a bordo en esa ocasión para pasar el día con su marido y echarles una mano con el servicio de a bordo dada su vasta experiencia en el tema. Esto sí que no me lo esperaba, mi estómago volteó en su propio sitio y tuve que hacer de tripas corazón para conseguir mantenerme en mi lugar. Representando lo mejor posible el papel que me correspondía dadas las circunstancias. Ellos aún no se habían percatado de mi presencia, así que me tocaba a mí ir a su encuentro y saludarlos para luego, ¿cómo no?, empezar con las presentaciones. Imaginen su sorpresa al verme allí y con otro hombre un día de familia y relax. Como si no supieran todo lo acontecido entre Dario y yo. Que era un gran secreto a voces para todos nuestros allegados, en especial para ellos. Esas son las bromas del destino que no cesan de recordarme lo mucho que aún le quiero, lo que me importa y le deseo. Su presencia estaba allí, sin darme tregua alguna ni dejarme avanzar en mi dura cruzada de supervivencia. Me perseguía en la distancia, como una broma de mal gusto, una tortura kármica o algo por el estilo. Su aura me atrapaba entre las brumas del mar, que sin escrúpulo alguno desafiaban mi entereza y se burlaban a cada instante de mi flaqueza.

Por suerte estaba en mi medio natural, mi remanso de paz particular, mi elemento, el mar, el agua, navegar era la máxima expresión de gloria para mi espíritu. Allí, arropada por mi Orisha tutelar, mi ángel de la guarda, Yemayá, la vida era más fácil y llevadera. El tiempo no se quedaba impune y mi alma cobraba fuerzas, extraída de esos iones negativos que se adhieren a tu interior reportándote paz y tranquilidad, mejorando tu salud física y mental. Tampoco estaba sola, mi hijo era un gran pilar, verlo feliz era una gran bendición y contar con Joss un regalo para el alma.

Ya iba siendo hora de que todos me vieran relucir y brillar con luz propia. Habían visto demasiado mis lágrimas, sufrimientos y lamentos. Definitivamente esto no quedaría en el olvido ni pasaría desapercibido para nadie de nuestro entorno, y mucho menos para Dario.

—Hola, no esperaba encontrarles aquí —le dije mientras me acercaba hasta el timón, donde se encontraba.

—Vaya, Yameli, qué alegría. No sabía que vendrías hoy, si me hubieras avisado —estaba tan perplejo como yo.

—Ni tan siquiera sabía que estuvieras trabajando aquí, cielo, además mi amigo Joss fue quien se ocupó de las reservas, tampoco sabía que este sería el barco hasta que llegamos.

—Helen, mira a quién tenemos aquí —dijo llamando a su esposa.

—¡Yameli! No me lo puedo creer, cuánto tiempo, y qué sorpresa —me dijo Helen abrumada por completo.

—Hola, Helen, una sorpresa mutua, me alegra mucho verlos, les presentaré a mi hijo Saúl, su amigo Marvin y a mi amigo Joss, que ha venido desde Bélgica de vacaciones. —Y dirigiéndome a ellos añadí—: Saúl, este es Bertho y su esposa Helen, amigos de Dario y ahijados de Samuel. Joss te presento a unos amigos, él es nuestro capitán Bertho y ella Helen, su esposa, Marvin, mis amigos.

Ufff, cuando hube terminado con las presentaciones me fijé en Joss y su cara de póker. No tardó nada en entender todo el pastel, pero rápidamente reaccionó y se unió a la conversación con naturalidad. Él era consciente de que tendría varios de estos desafíos de por medio. Algo que sin duda alguna le aportaba un poco más de sazón a nuestra relación, de por sí ya complicada y surrealista.

Llegamos a los acantilados de los gigantes, donde fondearíamos para tomar un baño, pasar un buen rato y aprovechar para almorzar. Estaban haciendo una gran paella que olía de maravilla con los frutos del mar más preciados, tenían un mini buffet con ensalada, frutas, pan y toda clase de salsas y adobos. Entremeses y suculentos postres. Era sencillamente maravilloso y especial.

La tripulación se esmeraba en dar un fantástico servicio a todos, la música, la barra abierta y el buen ambiente te transportaban a una de esas escenas que solo sueles ver en series televisivas y películas con las fiestas en barcos llenas de especulación. Siempre piensas que no es real hasta que estás en mitad de una de ellas, como era nuestro caso.

Los chicos no dudaron en lanzarse al agua, cual patos sin pensar, se lo pasaban genial. Y Joss aprovechó para abrazarme, atrayéndome hacia él, y besarme en uno de esos momentos de pasión. Le respondí instintivamente devolviéndole el beso con otro y me quedé a su lado sin pensar en nada más. Pude sentir la intensa mirada de Bertho, que nos observaba desde lo alto cautelosamente. Pero ya no sentía vergüenza alguna, ni necesitaba esconderme de nadie, era una mujer libre y en mis plenas facultades, así que solo disfruté de un maravilloso día junto a un hombre que solo quería complacerme. Me vine arriba y creí la historia como si fuera un cuento de hadas con final feliz, de esos que solo se cuentan y casi nunca se protagonizan. Sería mi particular Edén en la tierra por un día, ya mañana regresaría a la cruda realidad. Pero hoy había decidido pasar página y continuar como si no hubiera nada más. Me entregué a las delicias de una vida de ensueño, como siempre había deseado, y me dejé llevar. Fue así como el día transcurrió como la seda, y la jornada llegó a su fin sin contratiempos de ningún tipo.

Sobre las seis de la tarde estábamos entrando en el puerto, dejando atrás lo que fue sin duda uno de los mejores momentos para recordar. Un día que te marca y no puedes olvidar. En mi caso particular, con repercusiones trascendentales que no quedarían sin sus respectivas consecuencias, en el inusual volcán de sentimientos en plena erupción con Dario. Tendría que afrontar las consecuencias de mis actos, pero había valido la pena con creces.

Berto y Helen vinieron a nuestro encuentro para despedirnos:

—Yameli, esperamos que vuelvan pronto a repetir esta experiencia, confío en que lo hayan disfrutado —me dijo Berto—, ha sido un placer, Joss, cuando regreses a nuestra isla no dudes en visitarnos, estaremos encantados.

—Gracias, Berto, el placer ha sido mío. Seguro que regresaré pronto, tengo muchos motivos para hacerlo —le dijo Joss al tiempo que me miraba y cogía mi mano dejando claro cuáles eran estos.

Yo me apresuré a devolver los cumplidos y le dije:

—Helen, tienen que venir algún día a casa, podríamos quedar con Samuel y pasar un día divertido juntos. O quizás podamos organizar algo aquí, Saúl está encantado y seguro que Samuel lo agradecerá, ya me dicen luego.

—Sí, Yameli, me parece una buena idea, tenemos que organizar algo este verano, ya hablaremos.

—Bueno, chicos, gracias por tan maravillosa experiencia, ha sido una linda sorpresa encontrarles y poder compartir. Debemos marcharnos, nos espera un largo camino y los chicos están exhaustos.

Nos despedimos todos amablemente y abandonamos el barco. No bromeaba cuando decía que aún teníamos un largo camino por delante, al menos una hora y poco de conducción hasta llegar a casa.

Esa noche Saúl se quedaría en casa de Marvin, era sábado y ya habían organizado eso con antelación. Lo que me daba pie a pasar la noche con Joss, que se marchaba en dos días. Y, a pesar de tener muchos momentos de intimidad, esta sería nuestra primera noche juntos. Me daba un poco de yo qué sé, pero a estas alturas del panorama no podía evitarlo, ni tampoco me apetecía. En realidad, lo deseaba como no hubiera imaginado jamás. Pasamos por casa para que Saúl cogiera sus cosas, dejar los trastos de la playa y dejarlos en casa de Marvin. Luego Joss me dijo:

—Ha sido un día espectacular, cielo, me ha encantado poder compartir contigo, tu hijo y su amigo esta aventura. Te agradezco que me lo hayas permitido, y puedes creerme cuando te digo que vendrán muchos más.

—Yo te lo agradezco a ti, has sido muy amable con nosotros, los chicos se han divertido muchísimo y no podrán olvidar este día.

Me besó y me dijo:

—Hoy pasarás la noche conmigo, ¿verdad?

—Sí, cariño, eso quiero —le respondí con sinceridad.

Él me agarró con fuerza mientras sus labios devoraban los míos una vez más.

—¿Nos vamos al recinto o prefieres quedarte en tu casa? —me preguntó con intriga.

Sinceramente, no me había parado a pensar en una pregunta como esa, me pilló un poco desprevenida. Por un lado, me daba un poco de vergüenza irme con él al recinto de mi gran amiga Lea, aunque sabía a ciencia cierta que ni tan siquiera se enteraría. A no ser que yo misma se lo contara, ya que se trataba de casas independientes con entradas separadas y privadas en todo su esplendor. Por el otro, no quería que Joss se quedara en casa así tan pronto, estaba segura de que me provocaría un déjà vu de esos que no necesitaba en estos momentos. Así que al darle un breve repaso le contesté:

—Mejor en el recinto, cariño, si no te importa, me sentiré más relajada.

—Entonces recoge lo que necesites, cielo, quiero poder disfrutar de tu cuerpo cuanto antes —me dijo recorriéndome con esos marrones ojos suyos de arriba a abajo.

Yo me apresuré a pillar algunas cosas como por inercia, una muda de recambio y algo para dormir, aunque dudaba mucho que la fuera a necesitar siendo honesta. También aproveché para coger una bolsita que ya había preparado con antelación previniendo esta ocasión con unas cuantas sorpresas de índole sensual y erótica. Un pequeño as que me tenía guardado bajo la manga por si acaso. Estaba claro que él había vuelto a despertar en mí un nuevo deseo sexual con la sensualidad que creí apagada por completo. No quería pensar en nada ni en nadie más que en nosotros mismos. Esta noche me entregaré a Joss por entero, me dejaré llevar, disfrutaré del placer de vivir y amar sin remordimientos. Mañana ya se verá, hoy Eros se hará cargo de nuestros cuerpos, de nuestras almas y controlará cada uno de nuestros pensamientos. Nos sumergiremos en un mar de placer, lleno de lujuria, en un juego de amor y pasión, lleno de pecado. Estaba lista, mi mente lo estaba y mi cuerpo aún más. Salí de casa con el bolso preparado, Joss me sonrió con picardía, como si realmente pudiera adivinar mis pensamientos mientras nos dirigíamos al coche, que no estaba aparcado lejos de allí.

Llegamos al recinto ya entrada la noche, entre pitos y flautas dando vueltas de un lado al otro nos dieron casi las diez y media. Pero estábamos tan relajados que eso no suponía ningún problema, teníamos muchas horas por delante. Joss se alojaba en una de las casas más alejadas y con las mejores vistas a todo el valle de la Orotava. Con su propia piscina privada, un jacuzzi en la parte trasera que daba justo al acantilado que separaba las fincas y se perdía en lo alto de la montaña. Lea había puesto todo su esfuerzo y empeño en lograr un ambiente mágico y paradisiaco al mismo tiempo. La iluminación tenue, que se confundía con el entorno, nos invitaba al romance y la relajación, las esculturas que jugaban con el viento lo resaltaban aún más.

Era un pequeño paraíso terrenal del que podríamos disfrutar toda la noche para nosotros solos. Al entrar dejé el bolso justo encima del sofá y me volteé hacia él para darle un beso de esos sin avisar, que le tomó por sorpresa. Y dio lugar a un sinfín de caricias y preliminares que poco a poco nos fueron despojando de todas las prendas hasta dejarnos tan solo con la de interior. Pero… él deseaba más y también se deshizo de mi sostén, era sensual y provocativo dejar nuestro sexo cubierto de momento. Mordí mi labio inferior en señal de deseo, dejando muy clara la intención de llegar mucho más lejos. Él mojó su boca asomando la lengua provocadoramente, mientras pasaba su dedo por mis húmedos labios. De repente… me arrastra hacia él con fuerza y poza sus labios en los míos, arrancándome un beso que superó todos los demás. Me hizo suspirar y quise mucho más, así que le respondí con otro y otro, hasta que el aire se nos escapó a ambos dejándonos sin aliento. Las manos no pudieron controlarse y empezaron con su danza magistral. Recorriendo cada centímetro de nuestros cuerpos sin límites. En sintonía con nuestro pulso, que se aceleraba sin cesar con cada estimulo sensorial, y con la cadencia de nuestra respiración que profundizaba con cada suspiro. De cuando en cuando, nos parábamos a mirarnos y deleitarnos con nuestra expresión corporal, que delataba nuestro estado de plenitud y sensualidad. Eso nos ponía aún más en situación y el deseo de poseernos iba en aumento exponencialmente con cada segundo. Mi cabeza daba vueltas y mi corazón latía con la fuerza de un tren en marcha acelerada.

La adrenalina se disparaba, la oxitocina llegó a sus niveles más altos, dejé de controlar mis emociones. Mis hormonas tomaron el control mientras la sangre reverberaba en mi interior y como lava ardiente me quemaba desde dentro, provocando una terrible explosión de placer con cada movimiento.

Le hice mío con fervor y me entregué a él con devoción, no pude pensar en nada. Solo me dejaba transportar por esa espiral de emociones eróticas sin razón alguna, que te nublan los sentidos de tanto placer. Que te trasladan a una dimensión alternativa de erotismo desmedido, lujuria desbocada y gozo extremo. Donde sobran las palabras, los pensamientos y las deducciones, donde la lógica pierde el protagonismo y no quedan líneas de separación. Sin fronteras ni límites, sin tapujos ni reflexiones moralistas. Allí donde se unen lo divino con lo prohibido, lo terrenal con la fantasía del sueño. Donde la imaginación lo es todo y la realidad no es nada, donde no existimos por separado. Donde somos uno con el universo, y se funden nuestras almas hasta el infinito. Así fue nuestro encuentro, porque lo permití y me dejé llevar.

Joss no estaba en sus cabales, mi actitud lo había dejado descolocado por completo y no daba crédito a tanta entrega por mi parte. Pero no dijo nada, se limitó a seguirme por ese sendero pecaminoso y demencial de sexo sin censura, que fuimos capaces de alcanzar. Y le dio un mayor impulso a nuestro éxtasis conjunto como no había imaginado jamás. Ufff, fue algo mágico y muy gratificante lo que experimentamos, aunque todavía nos quedaban cosas por explorar. Recuerden que aún no había llegado a la bolsita donde tenía escondido mi as.

—Vaya, cielo, me dejas sin palabras —me dijo Joss mientras se dejaba caer a mi lado.

—Ufff, sí, cariño ,¡qué fuerte! —respondí intentando recuperar el aliento.

Los dos nos miramos y permanecimos unos minutos en silencio intentando encajar lo antes vivido.

Debo confesar que ni en mis mejores sueños hubiera imaginado sentir eso con otro hombre que no fuera Dario, que por cierto no se encontraba en mis pensamientos ahora mismo. Lo había dejado en una carpeta aparte, y me entregué a Joss limpia y concienzudamente.

Al cabo de unos largos minutos nos incorporamos para recuperar la compostura. Sonriendo y plenos con nuestra posición.

Entonces Joss me dijo:

—He comprado una botella de champagne ¿te apetece un poco?

—Claro, cielo, me encantaría.

Él, como siempre, tan amable y detallista, era un privilegio compartir con un hombre de su clase y estilo.

Me hacía sentir especial y diferente, ponía el mundo a mis pies sin titubear. Eso hacía mucho más fácil la adaptación, su aura te envuelve en un escenario de película y tú eres la protagonista principal. Respiré profundamente sumida en mis reflexiones en lo que él se acercaba con dos copas y la botella de Moët & Chandon en una cubeta con hielo.

Nos habíamos desplazado a la piscina cubiertos con los albornoces que estaban allí justo para la ocasión. Las vistas, la bebida y la compañía no podían ser mejores. Aún temblaban nuestros cuerpos por las sensaciones y el subidón anterior. Era necesario ralentizar las pulsaciones y tomar un respiro, el ambiente nos acompañaba en esa transición.

—Yameli, he pasado los mejores días de mi vida contigo, te agradezco este regalo —me dijo sin quitar sus ojos de mí, y prosiguió—: Quiero que lo pienses bien antes de responder a lo que voy a preguntar —después hizo una pausa y miró a los míos inquisitivamente.

De piedra estaba yo, que no tenía ni la más mínima idea de por dónde venían los tiros. Pero… muy a mi pesar asentí con la cabeza. Él continuó:

—Quiero tener una relación seria contigo, Yameli, pero necesito que dejes de ver a ese tal Dario, no creí que me fuera a perturbar de esta manera su presencia en tu vida. Pero los celos me devoran por dentro y he decidido ser sincero contigo, como lo has sido tú conmigo. No quiero presionarte, no tienes que responder ahora. Cuando estés lista me lo dices y podremos continuar. Sabes que me marcho pasado mañana, y cuando regrese te quiero solo para mí, sin su sombra a tu alrededor.

Wuao, eso no me lo esperaba ni de broma. Directo y sin guantes, crudo, natural y tajante. ¡Madre mía! Que podría decir ante semejante confesión, mis ojos se nublaron a causa de las lágrimas, que no me dejaron contenerlas esta vez.

Mi silencio no pasó desapercibido para Joss, que me observaba y me había dejado un pequeño espacio de tiempo para asimilar tal situación.

—Nena, no te disgustes, por favor, de verdad no quiero estropear nuestra velada, pero es lo que siento y creo que tienes derecho a saberlo. Mírame, ¿quieres? —me dijo mientras sus manos intentaban voltear mi cara hacia él, que miraba en la dirección opuesta.

Mis ojos llorosos y rojos a no dar más lo miraron abochornados y con intenso dolor. No sabía qué decir, ni qué hacer, mi corazón se oprimió ante la posibilidad de renunciar a mi gran amor, al tiempo que sentía dejar escapar este nuevo romance que me satisfacía y me daba tanta paz. No quería, egoístamente, dejar a ninguno de los dos, era perfecta esta combinación letal de sentimientos, infidelidad y traición. Por una vez la aceptaba, ahora estaba entre la espada y la pared, me sentía como una niña asustada en medio del bosque oscuro con frío y desolación.

Él secó mis lágrimas y se acercó a mí para cubrir de besos mi cara entera, no dijo nada más y sentí que sería la última vez que lo tendría entre mis brazos. Que mi silencio, las lágrimas y la tristeza se habían convertido en una respuesta negativa. Ya no volvería a confiar en mí y nunca más regresaría ni vendría a buscarme. Caí en un abismo de desesperación con la sola idea de renunciar a él, entonces lloré aún más y con más fervor mientras me aferraba a su cuello y me posaba encima de su regazo con ternura y pasión. Lo besé a sabiendas de que posiblemente sería la última vez, me despojé de mi albornoz y busqué su cuerpo. Necesitaba sentirlo junto al mío, quería amarlo hasta que ya me vencieran las fuerzas. Llenarme de todo él, porque estaba convencida de que no regresaría a por mí y no quería perderlo.

Una triste decisión tendría que tomar, pero no estaba preparada aún. En un arrebato de puro egoísmo decidí callar, si esta estaba destinada a ser nuestra despedida sería por todo lo alto. Le entregaría todo el placer que soy capaz de albergar y nunca podríamos olvidarnos de este momento. Lo llevaría al cielo, y me reuniría con él en un nuevo paraíso que crearíamos para los dos en una dimensión existencial paralela y transparente. Donde no podría entrar nunca Dario, ni nadie más que nosotros mismos. Tenía que hacerle reconsiderar esa propuesta, aún era muy temprano para hacerla, pero no sabía cómo, así que mantuve el silencio. Solo lo amé una y otra vez.

.

Cuarto capítulo

Nunca llegué a usar mi bolsita especial con ese famoso as debajo de manga que sería de seguro una gran sorpresa para él. Los acontecimientos tomaron un cariz diferente y bastante más serio, así que no pude bajo ningún concepto tomarlo a la ligera. Nunca hubiera imaginado que dudaría ante una proposición como esta. Siempre creí tener seguro cuál sería mi decisión. Hasta ese preciso momento, donde se bifurcan los caminos y no te queda de otra que tomar uno de ellos dejando atrás el otro sin opción de retorno. Me sentía perdida, sin salida y muy disgustada.

Demasiado rápido mi mente se había acostumbrado a nadar entre dos aguas, al ir y venir de tantas emociones y sentimientos encontrados. Sinceramente no quería renunciar a eso, era todo lo que tenía en la cabeza en ese momento. No sé qué me había sucedido, porque esa no era Yo, era una versión completamente diferente. Más arriesgada, atrevida, egoísta y concienzuda, cruzando lo inmoral y permitido sin reprimirme por ello. Rompiendo todas las reglas y las expectativas que antes marcaban mi existencia. Traspasando los límites y las fronteras sin mirar atrás. Desafiando la moralidad y los preceptos arraigados en mi crianza. ¿Quién era esa nueva Yameli? ¿Acaso nunca más volvería a ser la misma?

Me temo que ya era tarde para volver atrás, mi antiguo Yo ha dejado de existir, ha evolucionado, se ha transformado y ya nunca más se dejará arrastrar por una corriente ligera y pesimista. Ella provocará un tsunami y cambiará el curso de las cosas antes de volver a caer en desgracia, antes de dejarse manipular, ofender y controlar por nada ni por nadie. Resurgirá de sus propias cenizas, conquistará el amor, la felicidad y la pasión. Aunque para ello deba cambiar y ser la que rompa corazones e instigue traiciones.

Triste pero certero giro de acontecimientos, cambio de actitud y aptitud ante una vida llena de trabas, baches y contratiempos. Una manera diferente de supervivencia y redención.

Quería pensar que no había pasado nada, aunque no era la realidad. Debía afrontar las consecuencias de mis actos y plantarle cara a lo que se derivaba de ellos. Joss me lo dejó muy claro antes de marcharse, no me exigió una respuesta inmediata, pero la piedra estaba en mi tejado y ahora era mi turno para mover ficha. Él no se quedaría esperando por mucho tiempo, eso lo supe en el preciso instante que me lo comentó, era un ultimátum, estaba convencida.

Conté hasta mil, o quizás más, intentando apaciguar mi mente para tomar la decisión adecuada. Y no conseguía encontrarla, por un lado, Dario, dueño de mi corazón, quien no me quería realmente, ni tan siquiera me daba ninguna mísera esperanza. Pero yo no estaba lista para dejarlo marchar por mucho que intentara creerme todo lo contrario. Por el otro, Joss, quien me ofrecía un nuevo comienzo y estaba apostando por mí. Me gustaba estar con él, satisfacía mis deseos y me daba mucho cariño, amor y placer. Pero mi corazón aún no había abierto las puertas del amor, estaba hermético y cerrado en banda. Solo pensaba en el desalmado de Dario, me tenía acorralada en mis propios sentimientos encontrados y no me daba ni un respiro.

Estaba sumida en una auténtica espiral de carencias e inconsistencias, justo como lo haría alguien al que le han diagnosticado un vicio casi irreversible. Que ha comenzado con el proceso de desintoxicación y presenta todos los síntomas de abstinencia posibles. Solo que yo aún no había comenzado el proceso, tan solo me planteaba la posibilidad de intentarlo y ya me dolía profundamente. Me estrujaba el cerebro en busca de una solución sin resultados fehacientes.

Lo sé, a vuestros ojos estará muy clara la decisión adecuada, Joss sería la alternativa más fiable y segura. Un remanso de paz entre tanto alboroto, la apuesta ganadora sin duda alguna. Un apacible y tranquilo futuro lleno de colores pastel y gratos momentos sin preocupaciones ni desvelos. Él era sin duda el caballo ganador. Me ofrecía una vida diferente, con respeto, sin terceras personas ni incontables infidelidades. Era guapo, joven, vigoroso, amable y educado. Y por sobre todas las cosas me quería a mí, me deseaba, y me daba el lugar que nunca me había dado Dario. En otras circunstancias, tampoco yo tendría duda alguna. Eso seguro.

Pero… me había apegado tanto a Dario y a la necesidad de hacerlo mío… Me entregué tanto a ese sueño, hasta me convencí de que lo lograría. Éramos tan únicos cuando estábamos juntos, tan compatibles, tan mágico, surrealista y divino todo lo que vivíamos. Como dos polos opuestos que se atraen irremediablemente. Nos unía el mismo universo, los Orishas, los Egguns y nuestras espiritualidades. Nuestra relación iba más allá del sexo, la sensualidad, la pasión y el amor. Era diferente y perecedera, tan difícil como casi imposible. Nos habían intentado separar por tantos medios que me negaba a claudicar. Tanta maldad, tantos envíos de orden diabólico, lo que conocemos como brujería o hechicería. Tantos obstáculos y enormes piedras en nuestro camino, tantas traiciones en todas direcciones. Llevaba demasiado tiempo eliminando la contaminación de nuestro alrededor y pidiendo por nuestra redención. Tantos días de desvelo y penuria, tantas oraciones, tantas peticiones. Tanta había sido mi entrega que ahora no sabía cómo soltarme. Compartíamos nuestra fe, nuestra religión, sus costumbres, rituales y consagraciones. Sentía tal vínculo con él que, inconscientemente, me resistía ante la posibilidad de renunciar. No podía concebirlo, era superior a mí en todos los sentidos. Mi alma dolía de tan solo pensarlo y mi corazón no soltaba amarras. Se aferró a su aura, a su recuerdo, y vive en el limbo de sus deseos sin dar opciones de cambio. Seguramente dejarlo ir es lo mejor para ambos. Estaba convencida de ello en lo más profundo de mi alma. Pero… no estaba lista ni por asomo para renunciar a mi mayor adicción, y entrar de lleno en la clínica que me lo arrancaría sin remedio.

Respiré profundo llegando a la conclusión de esperar a que él regresara de Cuba, tan solo quedaban unos días. Así, mi cabeza más fresca y tranquila podría tomar una decisión. Necesitábamos volvernos a ver, hablar y estar el uno junto al otro para poder experimentar todas esas sensaciones que, ahora, nublaban mis sentidos por completo.

Recordando las sabias palabras de Oscar Wilde:

«A veces podemos pasarnos años sin vivir
en absoluto, y de pronto toda nuestra vida
se concentra en un solo instante».

Me tomé la libertad de tranquilizar mi mente y apaciguar ese remolino de ideas sin control que me atormentaban el alma sin dejarme avanzar.

Ya más calmada, la historia de mi cabeza dio un inesperado giro, fluyeron otros pensamientos sin haber tomado aún ninguna decisión. La creatividad de mi Piscis dominante y soñador surgió, dando lugar a esta melodía:

«**Te dejo ir…, debes marcharte**
de mi vida, alejarte, de mi mundo pasar.
Quédate… con esas que te dan libertad, que
malgastan tu vida y se prestan a entrar.
En los pecados de tu mente,
en las sombras de tu edad, en las esquinas
calientes de aquel barrio marginal.
Quédate… con tu suburbio,
con tu rollo desleal.
Quédate… con tu soberbia,
con tu sarcasmo y tu frialdad.
Porque… sin ti mi vida es más fácil.
Ya no puedo culparte… ni dejarte de amar…
Te dejo ir…, debes marcharte».

Entonces el Leo que habita en mí resurgió desafiante, nada de romanticismo ni cursiladas rebuscadas, esto era la vida real y como tal tenía que afrontarla. Volviéndome al aquí y al ahora, con los miedos, la incertidumbre y un revoltijo de paranoias sin descripción propia. Me sacudió y me hizo despertar. Fuera sueño idílico, dentro dolor y lágrimas. No había vuelta atrás y a lo hecho pecho, como siempre he dicho. El toro por los cuernos. Basta de lloros ni arrepentimientos, después de su regreso tocaba un triste desenlace. Fuera cual fuera, perdería algo para poder ganar otra cosa. Así estaban las cosas ni más ni menos.

En realidad, estaba muy equivocada al pensar que sí se podían tener dos amores a la vez. Al menos no para mí, que no paraba de meterme en líos sentimentales abruptos y dislocados. Sin saberlo estaba atada a un círculo vicioso dentro de aquella montaña rusa. Que me había hecho perder el control con sus enmarañadas idas y venidas llenas de altos y bajos. Un mundo surrealista, peligroso y atrevido que solo gira en torno a la adrenalina de sus vertiginosas piruetas, volteretas y desafíos.

Definitivamente no era lo correcto, lo sabía, pero me resistía a dejarlo por completo. Quizás debía evadirme de todo, y de todos, para intentar encontrarme a mí misma dentro de aquel mundo perverso. Donde sin saberlo había caído y estaba hasta el cuello. Iba en picado, y a pesar de percatarme de ello insistía en continuar. «Necesito ayuda divina para encontrar la salvación», pensé en mis adentros.

Tenía que darme espacio y encontrar el equilibrio en mi interior de una vez, no era nada bueno ni sano continuar fustigándome con incongruencias. Empecé a meditar, di largos paseos por la playa caminando sobre la arena mientras mis pies eran bañados con el agua de mi querido mar. Abracé todos los árboles que encontré en mi camino, puse los pies sobre la tierra, literalmente, y respiré a todo pulmón. Escuché mi música favorita, dibujé algunas mandalas y leí un par de libros. Poco a poco mi mente se sosegó, mi espíritu se calmó y mi cabeza dejó de arder en mi particular infierno de pensamientos impuros. Alineé mis Chakras por medio de la naturaleza y una gran fuerza de voluntad. Por fin dejaba de castigarme, aprendí a perdonarme para poder avanzar. Gracias al cielo, mis Orishas queridos, mi ángel de la guarda, los espíritus que me acompañan y todo lo que me administra. Conseguí sobreponerme al desconcierto y acallar ese ruido mental que casi me hace perder la cordura por completo.

Dario regresó de Cuba, aunque todavía no me había contactado. Lo supe por Samuel, que me escribió para saber cómo estaban las cosas por aquí. Cuando le pregunté cómo había ido todo y si regresarían pronto me respondió:

SAMUEL
Todo salió muy bien, yo regreso en unas semanas, pero Dario ya está allí, así que nos veremos pronto, un beso y cuídate mucho.

Llamó mi atención que él no se hubiera puesto en contacto conmigo, entonces recordé el viaje al sur con Joss y supe uno de sus motivos. Estaba claro que ya lo sabía, y seguramente no le hizo gracia alguna. Independientemente de que nadie sabía lo nuestro, su orgullo no esperaba un batacazo como este. Era razonable que estuviera consternado y furioso. Así que decidí escribirle:

YAMELI
Hola cielo ¿Qué tal ese viaje?

Crucé los dedos para que respondiera, pero le di su espacio porque en realidad las cosas estaban muy tensas y no quería forzar la cuerda. El tiempo pasó y él no respondió, ya no volví a escribirle. Estaba claro que no quería hablar conmigo por un tiempo. Me dolió, por supuesto, pero no era la primera vez, así que me limité a continuar con mi vida. Aunque rehusaba tomar la decisión de dejarle ir. En el fondo de mi corazón, y muy a su pesar, sabía que sería la correcta. Los hechos hablan más que mil palabras, y el silencio es muy mal consejero.

Se impuso férreo, sigiloso y desafiante ante tanto desconcierto. Un silencio extremo lleno de ruido interno. Mil voces sin escuchar ninguna, tormentos desafortunados de mi mente que me martirizaban sin control. Pensamientos contradictorios, decisiones aparcadas. En espera de un milagro celestial, una señal divina, mi subconsciente guardaba un hálito de esperanza para ese amor fallido. Por el que durante tanto tiempo había luchado a pesar de no ser correspondido. Siempre me agarraba a un clavo ardiente, quería creer que aún existía la esperanza para lo que fue, eso que posiblemente ya no es. Soñaba despierta mientras creaba otra realidad alternativa a la actual.

Entonces, y de repente…, decidí ir un paso más allá, no tenía nada que perder y mucho que ganar. Recurriría a mi fe infinita y segura, a mis queridos e incondicionales espíritus, que siempre me acompañaban. Aún no tenía mi ceremonia de Yoko Osha. No me había sido posible culminar con tan arduos y costosos preparativos para pasar por el igbogdún de Osha. Así que no me podía dirigir directamente a mi ángel de la guarda como Orisha tutelar, ni hablar con el oráculo del Dilogún directamente, ya que no tenía las consagraciones necesarias para ello. Sí que podía solicitar una consulta con un Babalosha o Iyalosha, pero no era eso lo que mi Orí me recomendó en este momento. Debía dar otro paso en el orden espiritual, una misa sería mucho más adecuada. Colocar y definir mi cuadro espiritual como es debido de una vez por todas. Hacía mucho tiempo que mi cabeza me lo pedía, Orula también me lo aconsejó cuando recibí la ceremonia de Iko Ka Fun. La palabra de Orula nunca cae al piso, es sagrada y nunca se equivoca. Había recibido muchas señales por activo y por pasivo al respecto y continuaba aplazándolo. Esta era una buena oportunidad para darle paso a tan importante acontecimiento.

A fin de cuentas Ikú lobi Osha, el muerto hace al santo. Una expresión singular de nuestra religión Yoruba, donde absolutamente todas las ceremonias comienzan rindiendo moforibale a Eggun. Habiendo organizado y posicionado nuestro cuadro ancestral y espiritual primero. Las misas espirituales son incontables y muy necesarias si queremos hacer las cosas bien. Ellos son los guías que nos acompañan desde nuestro nacimiento, pueden ser espíritus familiares, de linaje, amigos, conocidos, de la región o por afinidad energética y espiritual de otras vidas pasadas correlacionadas.

Las posibilidades son infinitas, por lo cual es muy importante saber cómo contentarles. Para que nos ayuden a solventar nuestras vicisitudes, y allanar nuestro camino en esta encarnación que hemos elegido por algún motivo. Antes de pasar por la tierra de la Osha debemos asegurarnos de tener en orden esta faceta tan importante y trascendental de nuestras vidas. En este místico mundo espiritual donde decidimos transitar. Lo ideal es realizar una serie de misas espirituales de investigación. Y así intentar que se comuniquen con nosotros, y nos faciliten datos fehacientes para darles una mejor posición. Existen muchos tipos de misas espirituales, las que hacemos para elevar a un espíritu familiar fallecido con el objetivo de darle luz y progreso en ese nuevo camino etéreo del alma. Las de recogimiento y redención de espíritus obcecados que nos puedan perturbar por algún motivo. Las de coronación, que solo se hacen antes de entrar en la ceremonia de Kari Osha, y es donde tu guía espiritual toma posición de tus comisiones para dirigir tu cuadro espiritual. Existen algunas más, pero estas son las que solemos escuchar con frecuencia.

Para poder llevarlas a cabo es imprescindible conocer a varios espiritistas o médiums, para poder establecer ese canal de comunicación con la dimensión de los espíritus. Se necesitan varios vasos limpios y transparentes con agua, un mantel blanco, un crucifijo, velas, colonia, agua de azahar o de rosas. Diferentes hierbas o Ewes especiales para hacer el Omiero purificador, proporcionando así un mejor canal mediático. Se debe tener a mano tabaco, aguardiente, vino seco, una jícara y en ocasiones un sombrero. Los espíritus pueden manifestarse de diferentes formas y maneras. Nunca se sabe qué necesitarán para sentirse a gusto y darnos la información necesaria. Algo que no puede faltar es un libro de oraciones, es la base para crear el vínculo con el más allá. Una persona será la encargada de leer las oraciones con ferviente fe, mientras los medios se concentran en sus diferentes habilidades para obtener un contacto. Comenzamos la reunión con esta oración precisamente, luego se leen algunas más como la fe, la esperanza y la caridad, que se mencionan con asidua continuidad y realmente son muy intensas y profundas. No existe un número concreto de oraciones, pueden ser muchas o pocas hasta que se inicie el contacto, y aún después se continúa con la lectura. Al finalizar la sesión, se lee la oración para terminar la reunión agradeciendo a los espíritus que hayan tenido a bien comunicarnos o presentarse en ella.

La cascarilla o Efún como vínculo blanco y puro también es necesaria, debemos estar todos muy limpios, pulcros, y el día anterior no podemos mantener ningún tipo de relaciones sexuales ni impúdicas. Vestiremos colores claros, si es posible de blanco y cubriremos nuestras cabezas con un pañuelo. Todo para agradar, respetar y rendir ceremonia a los espíritus que decidan honrarnos con su presencia o comunicaciones. Los pies descalzos en el suelo en ocasiones crean un mayor contacto con la tierra y las energías espirituales, todo se dispone en función de lograr una mejor canalización.

Por fin pude lograr concertar una cita con las personas y médiums necesarios para esa misa, que tanto aplacé por un motivo u otro. Los días seguían su cauce y Dario no hacía nada por comunicarse conmigo. Tampoco yo hice nada, no podía forzar las cosas, en realidad nada lo obligaba salvo su propia palabra. A la que ya había faltado en innumerables ocasiones anteriores, por tanto solo me quedaba esperar. Quizás mi Orí me estaba mandando las señales para por fin dejarlo ir. O tal vez esta historia solo acababa de tomar un nuevo curso aún desconocido para ambos. Decidí darle su tiempo, y a su vez darme la oportunidad de seguir sin él. Me concentraría en mis propias necesidades. Mantendría el rumbo para no desfallecer ante el inminente dolor que se avecinaba sin remedio alguno. Mi corazón sabía que volvería a derrumbarse, y era algo que no podía evitar. De una manera u otra sufriría una vez más por amor o desamor, atravesaría por ese sendero de lágrimas y pérdida irreparable sin poder hacer nada para impedirlo. Estaba segura de ello, así que solo podía prepararme para afrontarlo e intentar salir airosa de esta situación, que sin duda yo misma había provocado.

La misa tuvo lugar y, como era de esperar, quedé muy sorprendida con los resultados. Que, lejos de aportarme claridad y sosiego, me dieron mucho más en que pensar. Mi particular torbellino de ideas, pensamientos y lo que todos llamamos intuición no estaban tan desencaminados al fin y al cabo. En el fondo me habían llevado por el camino adecuado para poner los pies sobre la tierra de una vez por todas. Haciendo que me enfrentara con factores desconocidos e impensables hasta ese momento. Pero abriendo mis horizontes a un mundo donde la fantasía converge con la realidad de una manera insospechable y tangible, como el propio acto de respirar.

Tuve que tomarme unos días de reflexión para afrontar mi nueva realidad, aceptar los consejos y la presencia de mis nuevas espiritualidades. Sin duda, marcarían un antes y un después en mi vida de ahora en lo adelante. Como siempre digo, debemos afrontar las consecuencias de nuestros actos. Yo había pedido ver y conocer toda la verdad, y ahora esta me daba de bruces sin filtros ni contemplación en mis narices. Jamás hubiera imaginado que sería un testigo presencial y directo de tales acontecimientos, pero no podemos controlar lo que ya está escrito en el tapiz de nuestro destino. Ni mucho menos pensar en que estas cosas pueden suceder en el mundo real. Pero como les he dicho en ocasiones anteriores, este mundo donde me ha tocado nacer, crecer y vivir está lleno de magia, misticismo y milagros por doquier. En su mayoría inexplicables e incomprensibles, pero no por eso menos reales y existentes.

Mi mundo definitivamente no era normal, ni ordinario como me empeñaba en creer a toda costa. Mil y una cosas surrealistas estaban presentes en mi día a día. Como si el destino fuera tan incierto, volátil y fugaz, igual que la sombra al andar. Como el cantar de los pájaros o la sonrisa de un bebé. Que te cala por dentro mientras desaparece con facilidad y se esfuma en el silencio. Que, cual tiempo imparable, se nos escapa entre las manos, como el humo entre señales de socorro. Y nos deja desprotegidos y expuestos a toda inclemencia temporal, vulnerables a nuestra propia suerte. Así era mi vida, un sueño ambulante y palpable, una fantasía vívida y latente, una premonición constante, una realidad alternativa a lo normal, común y corriente. Que pocos pueden experimentar y mucho menos compartir, pero que para mí se había convertido en el pan nuestro de cada día.

Quinto capítulo

Después de llegar a un consenso conmigo misma, respecto al sorprendente giro de los acontecimientos por la parte espiritual y todo aquello que nos administra, como solemos decir los practicantes de esta religión afrocubana. Y habiendo cumplido con lo que me fue solicitado en dicha sesión espiritual para dar posición y representación a dichas espiritualidades que recién aparecían en mi vida. Aunque estaban destinadas a mi camino por esos designios celestiales que escapan al raciocinio humano normal. Pero que viven entre nosotros en una dimensión invisible y muy difícil de apreciar. Solo aquellos pocos que disfrutan de ese don del médium, en sus diferentes manifestaciones, pueden ver, oír y sentir o todas a la vez, según el caso y el alcance de su fuerza espiritual. Para todos los demás, en su inmensa mayoría, no es posible. Pero los que tenemos esta fe inquebrantable, que hemos tenido experiencias sensoriales y físicas con este mágico mundo, creemos y confiamos en ellos sin duda alguna.

En mi caso particular, yo siempre he sido, como se dice vulgarmente hablando, como santo Tomás, ver para creer. Y la vida se ha encargado de hacerme ver, sentir y sufrir más de una de estas experiencias, dejándome sin recursos para refutarlas. No me ha quedado de otra que aceptarlas y abrazarlas como parte de mi existencia. Algo que tardé en reconocer, como ya les he comentado en diferentes ocasiones. Así que, llegados a este punto, y sin rechistar, acataba estos preceptos y les rendía tributo con toda mi fe y respeto.

Ya hacía casi un mes que Dario había regresado de Cuba, no se había puesto en contacto conmigo aún. Samuel llegaba en unos días, así que esperaba obtener alguna noticia por su parte. Aunque por supuesto él desconocía nuestra nueva situación, al igual que todos los demás, era solo nuestra y de nadie más. A estas alturas ya empezaba hasta dudar de si había ocurrido realmente, o era solo fruto de mi ardua imaginación. Era de locos el desconcierto que podemos llegar a sentir ante tan duro silencio.

Tampoco había escuchado nada de Joss, él me dejó espacio y me dio tiempo para aclarar mi situación con Dario. La verdad es que no sabía qué hacer, debía llamarle o escribirle supongo. Si sumamos el silencio a la distancia se crea un cóctel letal para cualquier relación. Mucho más si esta es sentimental y tan peliaguda como la nuestra. Esta vez, y sin estar muy segura de mi proceder, opté por dar el paso y escribirle. No quería perderle a él también. Porque la verdad es que a Dario lo daba por perdido muy a mi pesar.

Abrí mi teléfono y busqué su contacto, respiré profundo y le escribí:

YAMELI
Hola cielo, ¿cómo estás? Hace mucho que no sé de ti y te echo de menos.

Así todo del tirón, directo y sin filtros, crucé los dedos y a esperar una vez más.
Joss era tan diferente, enseguida contestó:

JOSS
Yameli mi vida, qué alegría saber de ti. Creí que me habías olvidado, pero me mantuve alejado para no presionarte demasiado.

Ufff, qué consuelo sentí en mi interior, tenía mis temores de haber dejado pasar demasiado el tiempo y que todo se hubiera derrumbado entre nosotros. Teniendo en cuenta la situación en que terminó su visita, y sus últimas palabras respecto a ese inusual y poco convencional trío pasional. Era raro sentirme tan aliviada y a la vez impaciente por él, pero me agradaba esta nueva sensación.

YAMELI
Cariño cómo voy a olvidarme de ti. Eres muy especial para mí y lo sabes muy bien. Solo temía no tener una respuesta

adecuada para tu ultimátum y no sabía cómo decírtelo. No sabes cuánto me gustaría poder tenerte aquí ahora mismo.

También yo desearía estar contigo, pero no me es posible viajar ahora mismo, tengo muchas cosas pendientes que solucionar. No quiero mentirte cariño, tengo que solucionar un tema pendiente con mi ex que creí zanjado, pero no es así. Ella ha regresado y me ha pedido otra oportunidad. Tuvimos una relación durante muchos años y no quiero lastimarla. Debo encontrar la manera adecuada para contarle lo nuestro. Siento de veras este revés, eres muy especial e importante para mí, solo que nuestro pasado se atraviesa en nuestros caminos para darnos un escarmiento de humildad y paciencia.

¿Qué? No podía dar crédito a sus palabras, era como un castigo divino por nadar entre dos aguas. Como si no tuviera más remedio que sufrir eternamente por amores no correspondidos y traiciones sin sentido. Era una paradoja del destino para recordarme que nada podía ser color de rosa jamás. No tenía palabras para responder y no lo hice, entonces él prosiguió:

JOSS

Yameli no te quedes en silencio, por favor, no estoy dando nada por sentado, solo tengo que terminar con ella de manera adecuada y sin hacerle daño, entiéndelo, hemos vivido mucho juntos y aún me ama, aunque yo ya no siento lo mismo por ella. Solo puedo pensar en ti, pero tú lo amas a él y aún no has decidido dejarlo marchar. ¿No es así? Contéstame nena, no me hagas el vacío, te lo suplico.

Yo estaba en shock, esto no lo vi venir, me ha tomado por sorpresa y me ha dejado muda, sin reaccionar. Mi cuerpo se paralizó y mi mente se congeló presa del pánico. Joss era mi salvación y ahora ya no podía contar con él al cien por cien, era tan desgarrador como inverosímil. Las lágrimas rodaron por mi rostro como recordatorio de una pena abrumadora y un dolor irresistible, que invadía todo mi cuerpo y me dejaba expuesta nuevamente ante la nada, la soledad y el desconcierto. Le estaba perdiendo a él también y no podía ser capaz de asimilarlo, eso no.

Reuniendo acopio de todas mis fuerzas le respondí:

YAMELI

Joss partes mi corazón, creí que contigo estaba a salvo de estos desvelos, del sufrimiento por terceras personas. Me sentía culpable por mi tormentosa relación con Dario, sentí que te debía comprensión porque tú eras diferente. Y estaba dispuesta a darnos una oportunidad. Pero veo que estaba equivocada. Nunca me hablaste de esa relación ni de nada que pudiera enturbiar nuestro futuro, no puedes imaginarte cuánto me entristece esta situación. Pero te entiendo y te respeto, por eso te dejaré en paz. No volveré a molestarte nunca más, disculpa si he lastimado tus sentimientos en alguna ocasión, pero que sepas que ahora tú lastimas los míos. Adiós, cariño.

Escribí sin pensar, sin apenas respirar, solo quería terminar con esto y pasar página. Ya mi alma no soportaba más sufrimiento, lo dejaría ir…, solo que nunca pensé que sería a Joss primero. Él era mi tabla en el mar y se supone que me salvaría de un inminente naufragio, no que me llevaría a otra desilusión.

A pesar de amar a Dario siempre creí que él sería quien se iría el primero dadas las circunstancias. Pero mi vida no paraba de enredarme en esa madeja de sentimientos turbios y retorcidos. Justo en la misma medida que la montaña rusa giraba y se complicaba sin parar, ese particular entresijo de hierros oxidados y vertiginosos que se empeñaba en engullir todo lo bueno a mi alrededor.

Joss, que tampoco aceptaba un no por respuesta, y como él mismo me había dicho en muchas ocasiones, era muy perseverante e insistente, no se quedó sin replicar:

JOSS

¡Qué dices Yameli! Ni hablar, esto no ha terminado, ni se te ocurra que renunciaré a ti tan fácilmente después de lo que me costó que me dieras una oportunidad y de lo que hemos vivido juntos. No seas tan radical, démonos un tiempo y así ambos podremos solucionar nuestros temas pasados y pasar página para empezar desde cero, solos tú y yo, ¿vale?

Ante esto seguía sin saber cómo actuar, de repente mi mundo volvió a girar sobre su eje. No sabía cómo proceder, ni qué decir, es más, no sabía qué pensar, pero en mi fuero interno di gracias por ese hálito de esperanza que Joss me ofrecía, y dejé entrejunta la puerta para una nueva posibilidad, así que le contesté:

YAMELI
Joss cielo, no quiero ser un incordio en tu vida, pero tampoco quiero renunciar a ti del todo, prefiero darnos ese tiempo que dices y ver hacia dónde nos lleva el destino. Pero te pido de favor que cuando tengas una conclusión no me hagas esperar, ni me des falsas esperanzas. Prométeme sinceridad y sobre todo no dejemos enfriar esta atracción si queremos tener la ocasión de darnos otra oportunidad. ¿Qué me dices?

Una vez más, dejé la piedra en su tejado y ahora le tocaba a él mover ficha. Algo que hizo sin dilación:

JOSS
Ufff, menos mal que me contestas y estás abierta a salvar lo nuestro, no quiero estar sin ti. Me llenas y me haces sentir muy especial, como nunca antes nadie lo ha conseguido. Te echo de menos, deseo besarte hasta perderme en tu piel

sin retorno, deseo que me des todo tu dulce néctar, que me ames como solo tú sabes amar. Solucionaremos estos percances y estaremos juntos, ya lo verás nena. Un beso y mil caricias, me mantendré en contacto, te lo prometo.

Esto era más de lo que mi mente hubiera sido capaz de imaginar, ni en mis peores sueños, que no han sido pocos. Está claro que no podemos dar nada por sentado, porque la vida nos puede sorprender sin previo aviso y cambiar todo de palo pá rumba, como se dice coloquialmente en mi tierra natal. Vale más un pájaro en mano que cien volando, y no podemos dejar camino por vereda, aunque en mi particular caso no tenía ni lo uno ni lo otro. Estaba como un barco a la deriva y ahora sin ni una tabla en el mar. Era como un náufrago sin rumbo fijo, a punto de claudicar ante el vasto océano, que parece no tener principio ni final.

Respiré lo más profundo posible y me incorporé, nada podía volver a hacerme caer en picado como antaño, ahora mi nueva y fortalecida Yo tenía que reponerse ante todas las adversidades. Joss había sido la persona que me dio un nuevo enfoque, un nuevo sentido y empoderó mi feminidad hasta lo más sublime. Estaba muy agradecida por haberle dejado entrar en mi vida. Debía ser consciente y realista, al menos no lo habíamos dejado por incorregible ni mucho menos, solo necesitaba tener algo de paciencia y darle tiempo al tiempo. No era el fin de nada, así que debía sacudirme y continuar. «Es solo un pequeño temblor, no un terremoto», me dije para mis adentros. Era mi particular psicoterapia personal, hablarme a mí misma de vez en cuando. Sé que suena raro y no deja de serlo, pero me ha funcionado, paradójicamente hablando, para mantenerme cuerda y seguir adelante con mi entreverado camino. La locura nunca había estado tan cerca de mí, hasta que conocí a Dario y caí de bruces en su enmarañado mundo, dejándome llevar por nuestra montaña rusa demencial sin límites. Por suerte he podido lidiar con esto y me mantengo a flote luchando por la ansiada supervivencia humana.

Debemos vivir un día detrás del otro, sin prisa pero sin pausa. Solo que nunca sabemos qué vamos a encontrarnos a la vuelta de la esquina. Es una constante sorpresa tanto para bien como para mal. No podemos controlarlo, solo dejarnos llevar. Como lo hacen las olas en el mar, en un vaivén rítmico y decadente que va cambiando según el viento. Y en algunas ocasiones se transforma en una tormenta para recordarnos que seguimos siendo vulnerables ante su inmensidad.

En realidad debería estar acostumbrada a estas caídas sentimentales que azotaban mi vida desde que tengo memoria. Aunque son de las típicas cosas a las que nunca terminas de acostumbrarte, no las concibes ni las contemplas en tu plan original. Solo aparecen sin avisar y te sacuden sin piedad, te batuquean como un fuerte viento a una débil rama de un joven arbusto. Si no eres fuerte te derrumban sin ton ni son. Y aquí no ha pasado nada, el muerto al hoyo y el vivo al pollo, como dice un antiguo refrán que mi padre solía utilizar. Sobreviven algunos, otros se quedan en el camino, pero yo… estaba dispuesta a sobrevivir.

Así que continué con mi vida, que por cierto mejoraba en el plano personal. Por fin había aprobado ese anhelado carnet de conducir y ya lo tenía en mis manos. Lo mío me costó, la verdad. Imaginen que hasta tuve que repetir el examen teórico, porque se venció la fecha antes de aprobar el práctico, ya saben, la historia de mi vida. Nada se me hace fácil ni sin trabas, pero mi naturaleza persistente nunca me deja claudicar. Caigo una y otra vez, pero siempre de una manera u otra encuentro la forma de levantarme. Ahora tocaba comprar un coche. ¡Qué ilusión! Ni me lo creía, estaba muy orgullosa de mí, eso me dio muchas fuerzas y me animó a continuar. Dios aprieta, pero no ahoga. Solo tenía que encontrar la forma de reunir el dinero y ya está. Aunque no es tan fácil, ahora que ya no tengo el negocio y mi economía se tambalea como toda mi vida. Logro sobrevivir el día a día, pero no llega para ahorros ni mucho menos. Sostener todos los gastos de la casa, facturas, comida, más los de un adolescente con deporte incluido es ya todo un reto. El coche tendría que esperar, eso seguro. No importa, al menos ya tenía ese permiso de conducir y una meta más cumplida, era lo principal.

Imponía retos a corto, medio y largo plazo para así cumplirlos y fortalecer la confianza en mí misma. Algo tan necesario si quería permanecer infranqueable ante las adversidades que el destino se empeñaba en colocar a cada paso. Me propuse estabilizar y sanear mi economía, no era muy fácil, ya que había contraído algunas deudas intentando tapar un hueco y destapando otro agujero. Lo típico, creemos que somos responsables de todo y de todos. Cuando nos detenemos a mirar atrás, nos percatamos de que en realidad estamos solos con nuestros propios problemas y vicisitudes. Y es entonces cuando viene la cuesta abajo, pero como dice el dicho: no hay mal que dure cien años, ni cuerpo que lo resista.

Empecé a escribir un diario, siempre me escudaba en las letras y la palabra escrita para soltar mis pesares, reflexiones y de esta manera expresar mejor mis sentimientos. Mi naturaleza creativa y soñadora me daba la oportunidad de cruzar a una dimensión alternativa a la cruda y, en ocasiones, triste realidad. Donde tenía la oportunidad de crear un mundo de fantasía, sin sombras ni dolor, que me proporcionaba cierta tranquilidad y quietud en el bullicio de mi atormentada mente. Este era mi mayor secreto, nunca lo compartí con nadie, mi verdadera válvula de escape, mi mejor terapia.

Sé que le debo la vida y lo poco que queda de mi cordura a la escritura. He sido muy afortunada de haberla descubierto desde temprana edad. Ojalá todos y cada uno de vosotros decidieran hacerlo también, a mí me ha salvado. Ayudándome a enfrentar tantos desafíos y desafortunadas experiencias. Me ha dado la opción de sacar mucho de mis adentros, que si se hubiera quedado allí estoy segura de que se habría convertido, como poco, en una terrible enfermedad, si no del cuerpo sí de la mente. En esta teoría coinciden muchos expertos, que he conocido a lo largo de mi búsqueda del conocimiento y tranquilidad espiritual de unos años a esta parte.

Lo cierto es que son un cúmulo de cosas las que nos hacen mejorar, tanto como seres humanos racionales o como almas y espíritus encarnados. Pero por sobre todas las cosas primero debemos quererlo, creerlo y nunca darnos por vencidos. Tenemos que poner de nuestra parte si queremos avanzar, perseverar, insistir, tenemos que ayudarnos a nosotros mismos para conseguirlo contra todo pronóstico y todas las barreras. Una actitud positiva, altruista, desinteresada, sincera y transparente. A pesar de las sombras, las traiciones, las mentiras y engaños que suframos por la envidia, los celos y el simple placer del propio mal que, desgraciadamente, no para en su intento de hacernos fracasar. Como siempre he dicho, la luz deshace las sombras, elimina la oscuridad y la alcanza allá donde se esconda. El bien siempre triunfará sobre el mal, solo tenemos que dar tiempo al tiempo. Y como dice uno de los Eggun de mi adorada hada madrina Lena: «Las frutas se maduran a su tiempo». Todo llega cuando tiene que llegar. No van lejos los de adelante si los de atrás corren bien. Paciencia, calma, tranquilidad, paz y mucha claridad mental. Cualidades virtuosas e imprescindibles para ver, conocer y vivir en la verdad, algo que seguía intentando conciliar y encontrar.

En el turbulento fluir de la vida, el paso del tiempo se hacía implacable y por nada se detuvo. Siguió su camino y de repente ya había pasado mucho tiempo desde que Dario regresara de Cuba. Samuel también había regresado hacía unos días. Habíamos quedado para vernos por fin en su casa este fin de semana. Puesto que, realmente, yo estaba muy ocupada con mis cosas para subir antes. Me comentó que todo había ido bien y poco más, así que hasta vernos no sabría nada en concreto.

Entonces, y como por arte de magia, Dario me escribió:

DARIO
Hola Yameli, ¿Cómo estás?

No hizo ademan de justificar el tiempo pasado, ni alusión a nada más, así que le contesté en la misma línea formal:

YAMELI
Muy bien, ¿y tú? ¿Cómo fue ese viaje?

Mi cabeza giró sobre sí misma al percatarme de la frialdad con que hablábamos, era como si nos acabáramos de conocer y no tuviéramos ni la más mínima confianza, un gran abismo frío y oscuro se interponía entre los dos.

DARIO

Sé que debería haberte hablado antes, pero no imaginas lo liado que estoy. Todo fue bastante bien, pero hubo ciertas complicaciones, ya te contaré.

YAMELI

Creí que me llamarías nada más volver, pero no tienes por qué preocuparte Dario, en nuestro acuerdo dejé claro que no te exigiría nada que no quisieras darme. Si quieres que nos veamos, me avisas y nos ponemos al día.

Sin darme apenas cuenta yo también lo trataba con frialdad a pesar de quererlo y desearle con locura, me alejaba sin piedad. Era muy raro e irracional esta nueva actitud por mi parte. Y no pasó desapercibida para él ni mucho menos.

DARIO

Te siento muy distante cielo, ¿qué sucede, no te alegras de mi regreso, no te apetece verme? Te he echado de menos, pero no me has recibido muy amorosa que digamos.

Hizo una pausa en espera de mi contestación.

YAMELI

Cariño, estoy confundida. Te vas de improviso por tres semanas y cuando regresas ni tan siquiera me mandas un «hola», ¿cómo se supone qué debo reaccionar? Sabes que estás en mi corazón, pero mi razón está hecha un tremendo lío.

DARIO
Ya lo sé cariño, debí llamarte antes. ¿Podemos dejarlo pasar y que me trates como siempre, quieres?

Era contigo…, pero sin ti, ni te tengo ni te dejo, una sacudida mortal. Mi amor por él me hacía sucumbir a sus caprichos, sin tan siquiera percatarme de la degradación de mis propios sentimientos. Era un juego, donde yo llevaba las de perder sin remedio alguno. Un no te tengo…, pero no te dejo, una prisión fatal de este gran capricho terrenal. Mi tortura y mi mayor placer, mi verdugo existencial y el gran amor de mi vida. Así que cual cordero obediente y manso caí en sus redes por voluntad propia y le respondí:

YAMELI
Claro mi vida, sabes que añoro tenerte a mi lado. Y llenarte de tantas caricias y besos hasta que saltes enfurruñado como siempre.

Eso era justo lo que él quería oír, y eso le dije. Porque al final era todo lo que yo deseaba tener.

DARIO
Entonces ¿no estarás enfadada conmigo cuando volvamos a vernos?

Preguntó con la aparente inocencia de un niño bueno y travieso a la vez. Tuve que sonreír ante esa idea mientras le contestaba:

YAMELI
No mi vida, solo podré estar feliz de volver a verte.

En mi país a esto se le llama tratamiento de loco, una forma de dejar pasar y decir lo que el otro quiere escuchar. Evitando discusiones y peleas sin sentido.

DARIO
Ufff, menos mal cariño, porque me haces mucha falta y no estoy para discusiones ni reproches. Tengo ganas de ti y de esos besos pesados que siempre me das. Intentaré escaparme este fin de semana, necesito verte pronto, un beso.

Pues parece que esta técnica funcionó, no solo nos veríamos pronto, sino que hasta me mandó un beso, algo muy poco habitual y normalmente hacía solo yo. Las cosas estaban cambiando, de eso no me cabía la menor duda. Por eso le envié otro beso y ahí terminó nuestra primera conversación, después de la turbulenta despedida con el nuevo reencuentro secreto de ambos.

No pude obviar la irracional felicidad que se apoderó de mi interior de tan solo imaginarlo nuevamente a mi lado. Estaba loca por ese hombre, se apoderaba de todos mis sentidos y me dejaba expuesta sin remordimientos alguno ante su voluntad. Privándome de la mía implacable y sutilmente. Así, como quien nunca ha roto ni un plato en su vida, con naturalidad y sin preocupación. Como si no fuera premeditado, sino algo innato, incondicional y sincero. Era como si él no fuera realmente consciente del poder que ejercía sobre mí. O quizás estaba equivocada y se aprovechaba de las circunstancias dejando la balanza siempre a su favor. No lo sé, la verdad, pero prefiero pensar en la primera opción. La maldad no tiene cabida en mi cabeza hasta esos límites tan siniestros.

En fin, sería un movidito fin de semana, eso sin duda. Ansiaba volver a besar sus dulces labios, perderme en sus bellos ojos color esmeralda y nunca más regresar a la realidad. Deseaba amarlo y que me amara con esa pasión sin límites ni control, que nos poseía al estar muy cerca el uno del otro. Ser suya y hacerlo mío sin pensar en nada más, solo lujuria, amor y desenfreno. Sexo, caricias, besos y mucha pasión. Posturas desafiantes y sensaciones prohibidas, un total e infranqueable arrojo de sensualidad. De esas que tan solo podemos imaginar y en muy pocas ocasiones experimentar. Que te transforman y cambian tu vida por completo, te devuelven el centro y tu eje vuelve a girar a su compás. Como una experiencia religiosa, donde la vida cobra nuevamente su sentido y por fin consigues encontrar de una vez y por todas el verdadero Ikigai. Así era nuestro romance, diferente y poco habitual. Algo que nos trascendía a un nivel más allá de lo carnal y espiritual. Algo sublime y confuso, fantástico y demencial.

Me debatía entre lo correcto e irracional, entre lo seguro y lo arriesgado, entre el bien y el mal. Una batalla de mi corazón y todos esos sentimientos de amor, pasión y cariño contra mi razón, que estaba convencida del devastador final. Probablemente el lóbulo frontal estaba encontrado y en discordia con el sistema límbico, porque no era racional tanta discrepancia conmigo misma. Mi signo regente, Piscis, se peleaba constantemente con mi ascendente, Leo. Y ninguno parecía ponerse de acuerdo, porque yo seguía sin encontrar una solución o un consenso para este gran dilema interior. Era desesperante, a la vez que triste morir de amor, y al mismo tiempo vivir amándole mientras moría lentamente sin tenerlo.

Porque la realidad es que tú no piensas en enamorarte, pero te enamoras y después piensas en ello. Precisamente cuando ya estás dentro, cuando ha llegado a ti esa emoción que te cala hasta el tuétano de cada hueso. Es entonces cuando aparece el razonamiento de aquello que difícilmente podemos entender. Comprendemos, ya sin posibilidades de resarcirnos, dónde estamos. En las divagaciones de lo intangible con lo palpable, en la frontera de lo racional con lo sentimental. Donde la razón pierde su fuerza al verse sumida en el mundo de las sensaciones y los sentimientos más arraigados y profundos. Donde se unen la tierra y el mar, donde el horizonte se pierde ante nuestros ojos sin encontrar un final plausible y real.

El amor llega sin avisar y lo absorbe todo con tanta fuerza que nos quedamos vacíos, expuestos y desprovistos de objetividad. Somos sus esclavos y él nuestro amo, hasta que por fin algo se rompe y explosiona en nuestro interior. Solo entonces podemos soltarnos, vivir y respirar en paz. Ese momento que añoraba aún no había llegado para mí. Seguía en el limbo de mis emociones, que ya convertidas en fuertes sentimientos se apoderaban de mi alma. Haciéndome sucumbir en esta prisión de amor y desamor que me traía por muy mal camino. Que cual virus infeccioso me devoraba célula a célula sin contemplaciones.

Sexto capítulo

«¡Madre mía! Se avecina un tremendo chaparrón», pensé mientras me iba acostumbrando a la idea de volver a verlo muy pronto. Lo prometió, me dijo que vendría cuanto antes. Y yo, como una colegiada inexperta y enamorada de la maravillosa idea del amor, le creí. Estaba tan emocionada con la mera posibilidad de volver a besarle, tenerlo entre mis brazos y amarle hasta desfallecer. Mi corazón latía como si quisiera salirse de su órbita, descontrolado, lleno de pasión. Amaba a ese hombre, tan solo de imaginarlo cerca de mí el cuerpo me temblaba sin control.

Pero… mi adulto interior no paraba de decirme que debía apaciguar mis emociones. Controlar los sentimientos y gestionar las acciones. Se empecinaba en quitarme esa ilusión de adolescente enamorada, solo quería que mantuviera mis pies sobre la tierra pasara lo que pasara. A toda costa y sin distinción. Mi adulto se preparaba para lo peor mientras mi niño interior batallaba por salirse con la suya. Fue entonces cuando apareció el temido Padre para mediar sobre la situación y nos puso el freno. Sí, nos paró en seco sin tapujos mostrando todas las cartas sobre la mesa y recordándonos que la vida nunca sería color de rosa. Nos advirtió de la envidia, de la maldad, de la traición. Nos hizo recordar el dolor anteriormente vivido por nuestra ingenuidad y por dejarnos llevar por un amor no correspondido, sin sentido alguno. El padre era muy duro, nos ubicó en el tiempo y espacio sin filtros de ningún tipo, ni trapos tibios. Sin pasarnos la mano para que dejara de escocer, al duro y sin guantes como antaño. Sin psicología o pedagogía ninguna. Nos devolvió a una triste y cruda realidad, de la que mi niño y hasta mi adulto interior intentaban escapar fuera como fuera. Un baño de humilde desesperación, la vuelta a un panorama totalmente diferente. Un choque frontal y sin airbag a velocidad vertiginosa, donde definitivamente perdíamos el control. Quedando a la deriva de una realidad insustancial, bañada por intensas y dolorosas lágrimas, subjetiva y sin demasiados recursos. El padre no se andaba con chiquitas, era directo, estricto y contundente. Dejó al niño y al adulto sin palabras y de vuelta al sufrimiento. El castillo de arena se había destruido por completo y en su lugar solo quedaba una triste y vaga reminiscencia de su existencia.

Era necesario dejarlo muy claro, debía prepararme para un final no tan feliz y así podría afrontar cualquier desenlace por difícil que este fuera. Por eso el Padre se mantuvo en sus trece, y le leyó la cartilla a ese niño interior que solo quiere darse sus propios caprichos, sin tan siquiera pensar en las consecuencias. También tuvo que corregir la irresponsabilidad de ese adulto nuestro, que olvidó su madurez y sus responsabilidades de mantener la cordura y el raciocinio. Debíamos llegar todos a un acuerdo para no claudicar en el declive de nuestros sentimientos más profundos. Pero… era tan difícil que se pusieran de acuerdo que rozaba peligrosamente con una locura irracional. Esa que suele aparecer cuando estamos en medio de un dilema amoroso sin salida ni final. Esa caída demencial que me arrastraba al abismo de su perdición. Donde se pierde la moral y se desvanece la razón.

Él era, sin duda alguna, mi mayor perdición, mi anhelo más profundo, ese gran talón de Aquiles que nos lleva al fracaso y desmorona nuestra existencia sin contemplación. Dejándonos expuestos a las inclemencias de nuestros sentimientos. Como un bebé recién nacido ante la nueva existencia. Desprovisto de coraza ni protección, frágil, vulnerable y sensible. Como me quedaba Yo ante Dario, sin voluntad ni opción. ¿Cómo podría superar tanto desconcierto? ¿De qué manera sobreviviría a este enfermizo amor? Estaba perdida en un bucle de sentimientos antagónicos y dispares. Sumida en una terrible adicción sin salida ni control. Mi mente batallaba por un concilio entre lo lógico y racional, contra lo sublime y demencial. Un eterno debate entre lo deseado, añorado y soñado, y lo real e inexistente, lo tangible y lo imaginario. Soñaba despierta mientras vivía dormida en un mundo de fantasía con este amor prohibido.

Entonces, para poner mis pies sobre la tierra de una vez por todas, tuve el jarro de agua fría que sin duda mi subconsciente estaba esperando. Resulta que tenía pendiente una visita a Lena desde hacía ya varios días. Porque la verdad es que ya casi no me quedaba tiempo ni para pasar por su casa. Y de repente... empezó a contarme sobre el viaje a Cuba, ya que en esa ocasión ella también fue con ellos. Por esas cosas de la vida que, sin saber cómo, la verdad llega a ti sin filtros y sin previo aviso. Nadie, incluida Lena, sabía de nuestra nueva aventura. Ni en muchos años lo hubieran imaginado, ellos creían que nunca lo podría perdonar. Y por ende, ya no se cuidaban tanto para hablar de él y sus típicos rollos en mi presencia.

Así que ella me habló con franqueza dando por sentado que eso solo reforzaría mi decisión de ni pensar en Dario. A fin de cuentas, él no merecía mi amor, ni mucho menos mi tiempo. Para Lena, Samuel, Ferr, Dani y todos nuestros conocidos la historia que una vez tuvimos había quedado en el pasado después de lo de Cuba. De eso ya hacía bastante tiempo, ahora solo era un ahijado de Samuel que no paraba de hacer fechorías. Y cada historia sobre sus nuevas conquistas lo alejarían más y más de mí. En fin, Lena me contó que en el Ebbó no todo fue color de rosas. Que muy pronto él tendría que regresar a Cuba para recibir a Ochosi, como había marcado el Itá. Ya que parecía ser que podría tener complicaciones de papeles o con la justicia. Eso puso mi corazón a mil por hora, respetaba mucho a ese Orisha, que era el padre de mi madre en el santo y le tenía mucha fe y devoción. Pero sabía que era muy complicado si existían problemas con él.

A Ochosi se le considera mago o brujo, forma parte de los Orishas guerreros, es el dueño del arco, la flecha y la cacería de la vida. Es el mejor de los cazadores, sus flechas no fallan nunca. Se considera el dueño de todos los papeles y negociaciones. Representa la justicia ciega y divina, es astuto, ágil y valiente. Siempre anda con Oggún, el dueño del metal y las herramientas. Amigo de Ossaín del monte, al que le pidió el conocimiento y la sabiduría de todo palo, bejuco, matas, hojas, árboles. Protege al fugitivo, alimenta al hambriento. El que hace polvo los barrotes de la cárcel, por lo que está considerado como el dueño y señor de estas. Puede evitar que entren en ellas o por el contrario hacer que caigas allí. En la religión católica se suele sincretizar con el arcángel san Miguel, ese que venció a Lucifer y mantiene al enemigo debajo de sus pies. Cuando recibimos los Guerreros tenemos a Ochosi. Pero… en ocasiones tenemos que recibirlo a él solo como Orisha con una ceremonia diferente y particular, donde viene dándonos sus consejos por medio de un pequeño Itá. Ya que en este momento tenemos que darle de comer animales de cuatro patas para que nos pueda hablar por el Dilogún.

También me cuenta que conoció allí a otra chica, que al parecer también práctica nuestra religión. Una amiga de un amigo, ya saben cómo es eso. Nunca falta alguna para hacer que Dario salte, y empiece a invitarles a todos de fiesta, hoteles y vacaciones.

Pero en esta ocasión la cosa iba a más, resulta que ahora pretendía casarse con ella para adquirir también la residencia cubana. De repente, también quería invertir allí. Una locura sin pies ni cabeza, típica de su turbulento mundo y la verdad que bastante rebuscada. Desde luego eso no me lo esperaba, era con diferencia demasiado para mi pobre y devastado corazón. Tragué en seco, respiré profundo y supe mantener mi boca cerrada, no podía decírselo a nadie, eso lo tenía muy claro.

Mis manos, frías como el hielo, comenzaron a temblar. Mis ojos se convirtieron en vidrio roto intentando mantener a raya las lágrimas que estaban locas por ser derramadas sin cesar. El estómago me dio vueltas y vueltas sin parar, hasta que tuve que correr al cuarto de baño con el pretexto de un apretón. Bañé mi rostro de agua fresca y me recompuse como pude antes de salir. Mientras decía:

—¡Ay, Lena! Lo había olvidado por completo, pero tengo que irme, cariño, había quedado con Yanet en su casa y voy con retraso.

—Vaya por Dios, mi niña, creí que te quedarías un poco más —respondió Lena sorprendida.

—La verdad es que yo pensaba quedarme mucho más, no me percaté de que también tengo que pasar por allá. Lo siento, mi vida, te prometo que vendré en poco tiempo —dije mientras le daba un beso, apresurándome a salir.

Tenía que despejar mi cabeza, sencillamente no podía soportar ni un segundo más sin dejar un torrente de llanto desmedido correr por mis mejillas. Como si de un desbordado río lleno de dolor y tristeza se tratara, de esos que se llevan todo por delante sin control. Estaba muerta en vida, arruinada en mis sentimientos, impotente, desconsolada. Estaba rota y me sentía tan sola y desvalida… como nunca antes me sentí. Creí que ya nada podía hacerme sentir así jamás, pero me equivoqué de cabo a rabo. Allí estaba otra vez, en el fondo de un pozo.

La oscuridad se apoderó de mi existencia destruyendo cada rayito de sol en mi interior. Me quedé en el temido limbo de la desesperanza, sin fuerzas para nada más que llorar. Y eso hice; lloré y lloré sin consuelo, sin esperanzas, sin opciones.

Al salir de casa de Lena solo me dejé llevar sin rumbo fijo. Caminé por inercia y de repente… estaba frente al mar. Allí donde mi alma cobra vida y la esperanza suele regresar a mi cuerpo, dándole un sentido a toda mi existencia. Pero en esta ocasión nada parecía funcionar, no podía dejar de llorar, no sentí consuelo alguno, ni amor, ni compasión. Solo un terrible vacío en mi interior y mucho dolor. Pasaron los minutos y las horas, el sol dejó de brillar dando paso a la noche. Que envolvió mi cuerpo con su fría sombra, haciéndome estremecer y a la vez despertar. Ni tan siquiera sabía qué estaba haciendo allí, debajo de aquel faro. Mirando al horizonte, que ahora se perdía en la terrible oscuridad de una cerrada noche sin luna ni estrellas. Entonces lo recordé, supe lo que me había hecho desprenderme de mi cuerpo y sumergirme en un estado de catarsis mental. Dario se había marchado de mi vida sin apenas percatarme de ello. Ya ni contigo…, ni sin ti, porque fue como predije en mi interior un tiempo atrás. Cuando le hice la propuesta de sexo sin compromiso renunciando a mi orgullo y a mi dignidad por tal de no renunciar a su compañía, a su cuerpo ni a sus besos. Lo supe entonces, lo sé ahora. Esto era demasiado para mí, tenía que dejarlo marchar, dejarlo ir, despojarme de su embrujo y continuar mi camino sin él. Volveríamos a vernos muy pronto. Decidí, en ese momento, que le diría adiós al absoluto dueño de mi corazón. «Pondré punto y final», dije para mis adentros. Creando esta particular despedida:

«Con el alma hecha pedazos,
y el corazón en un puño,
hoy te digo adiós.
Te digo adiós y te quiero todavía.
Te digo adiós con tristeza y melancolía.
Yo naufragué en tu olvido,
tú has quedado en mi memoria.
Te querré siempre en silencio,
sumergida entre las sombras.

Te digo adiós mientras guardo bajo llave
tus caricias y tus cosas.
Me despido de tus besos,
de tus risas y tus bromas.
Hoy destierro tu presencia de mis sueños, y te
alejo de mi mente, de mi vida y de mis horas.
Te digo adiós y te quiero todavía, ahora sin ti yo
soy otra».

Entonces, mi cuerpo se desvaneció por completo. Sentí cómo el alma lo abandonaba y salía despavorida en busca de auxilio. Podía ver aquel cuerpo inerte desde el espacio etéreo y vacío en el que me encontraba. De aquellas mejillas sonrosadas brotaban lágrimas de dolor. La piel, ceniza y fría, temblaba sin control. El semblante descolocado, casi sin vida ni consuelo, se apagaba gradualmente. Mientras que Yo solo podía observarle. Las palabras no salían de mi boca, no podía emitir sonido alguno. Mis manos no respondían, solo flotaba a su alrededor sin dejar de mirarlo. Quise pedir auxilio, sin ningún resultado. Quería, necesitaba ayudarle a recuperar la compostura. Pero no pude hacerlo.

Fue en ese preciso instante que lo comprendí, aquel cuerpo era el mío. Lo observaba desde afuera, de otra dimensión, porque ya mi alma no habitaba en su interior. Estaba literalmente muriendo, moría de dolor. Un dolor tan intenso que había traspasado mi corazón destrozándolo desde adentro. La vida se escapaba de esta existencia y me sentí libre por fin. Dejar atrás toda la carga material era relajante. Por primera vez en muchos años sentía algo de paz, sosiego, calma y tranquilidad. Era muy conveniente continuar así, demasiado quizás. Hubiera seguido con gusto por aquel sendero maravilloso, desprovisto de dolor alguno y de toda emoción. Deseaba con ansias terminar de desprenderme del todo. Porque era, sin duda alguna, lo más fácil, lo difícil era continuar con tanto sufrimiento sin sentido.

Pero… en un instante comprendí que la vida era mucho más que eso, no podía claudicar. Dario era un regalo del cielo para reencontrarme con el amor. Aunque haya llegado a su fin, la vida debía continuar, aún no era el momento. Era consciente de que el destino pone en nuestro camino las personas adecuadas en el momento preciso. Él era aquella tabla en el mar que me salvó de aquel naufragio sentimental donde me encontraba al conocerlo. No tendría tiempo ni vida suficiente para agradecerle por ello, aunque era devastador dejarlo marchar. Y dolía, dolía tanto, pero estaba en la obligación de continuar. Por mí, por Saúl (mi hijo), por la familia, los amigos, por la propia razón de existir. Esa que se me había asignado antes de encarnar de nuevo en la tierra. La naturaleza de mis creencias no permitían que abandonara esta existencia. Así, con resignación, mi alma regresó al interior del cuerpo antes de expirar el último aliento. Supongo que con la ayuda e insistencia de mi ángel de la guarda. Y esos espíritus que nos acompañan desde nuestro nacimiento, y por el resto de nuestro camino mortal y terrenal.

Ya de regreso a mi propio ser suspiré profundamente mientras comprendía con intenso dolor la cruda realidad. Había tocado fondo una vez más por él. Ahora no solo era cuestión de orgullo, ni dignidad. Era cosa de vida o muerte. Estuve tan solo a una milésima de segundo de renunciar a nuestro bien más preciado. A ese regalo divino que nos ha dado el altísimo, que es la vida. Eso ya son palabras mayores, me estaba fustigando y castigando en vano. Porque Dario no me respetaba en lo más mínimo, ni me amaba. Solo me deseaba, sin incluirme para nada en sus planes de vida. Yo era tan solo un capricho de usar y tirar. Sí, ya no tenía sentido matizar las palabras, ni escabullirme de la realidad. Mi osado plan daba en mis propias narices dejándome desprotegida por completo. Así que hice un llamado a mi conciencia, a mis ancestros, protectores y guías para sacarlo de mis adentros, y continuar sin él. Sacudí mi cabeza, de lado a lado, como cuando despertamos en medio de una pesadilla. Estiré mi cuerpo alzando mis manos al cielo en busca de mayor sostén y me incorporé. Recé un padrenuestro y un avemaría para de una manera simbólica pedirle perdón al cielo por mi debilidad. Por permitir que sus actos condujeran mi destino, haciéndome desvariar. Me prometí a mí misma que hasta ahí habíamos llegado. No puedo dejar de amarle, pero sí puedo y debo dejarle ir. Continuar con mi vida, construyendo nuevos caminos y dando paso a nuevos amores. Llevará un tiempo, me costará horrores. Pero, como el agua que gota a gota es capaz de traspasar la dura piedra, yo traspasaré este amor enfermizo y esta adicción sin sentido que por él profeso.

Así que, como le dijo Mariana Grajales a su hijo Antonio Maceo (general de la guerra de Independencia de Cuba), me dije para mis adentros: «Levántate y anda». Porque de los cobardes no se ha escrito nada. La vida es para vivirla, los desafíos para afrontarlos, las batallas para pelearlas y los fracasos para enseñarnos. Nosotros somos los arquitectos de nuestro propio destino. El amor es para darle sentido a la vida, no para quitarnos el sueño y arrebatarnos el deseo de vivir. Las piedras en el camino son un recordatorio de nuestra naturaleza humana. Está en nuestra decisión rodearlas, atravesarlas o tropezar con ellas una y otra vez.

—Yameli —me dije—. Superarás esto, como has superado muchas cosas más. Volverás a ser quién siempre has sido. Sonreirás a la vida y tu mente se abrirá a nuevas oportunidades. Tú vales mucho y lo sabes, nada ni nadie podrá jamás arrebatarte eso. Vas a volver a verlo, volverás a amarlo y esa será tu particular despedida. Después de eso le dejas ir…

Sí, tal cual, lo dije en voz alta para mí misma. Como suena, es de locos. Esa locura que me ha donado este amor prohibido y vertiginoso que siento por ese descabellado de Dario. Una promesa conmigo misma, por el bien de mi propia existencia. Un decreto al universo que me comprometía a cumplirlo. Un ritual inventado en ese preciso instante con el fin de sobrevivir. Me levantaría como el ave fénix una vez más, alzaría el vuelo resurgiendo de mis propias cenizas sin mirar atrás. En esta ocasión renunciaré a él para siempre, ¿y quién sabe? Quizás entonces comprenda lo mucho que le amé, y todo lo que ha perdido al rechazarlo.

Séptimo capítulo

El acto final de nuestra turbulenta relación estaba a punto de comenzar. Era devastador y casi insoportable saber que esta sería posiblemente la última vez que lo tendría en mis brazos. Pero la suerte ya estaba echada, las cartas sobre la mesa para la partida que pondría punto y final a esta montaña rusa sentimental, que nos atrapaba con más fuerza a cada instante. Decidí que sería magistral, único y mágico este encuentro íntimo y privado que aún quedaba pendiente. La miel sería nuestro sello de despedida. Como la gran diosa del amor y madre de santo de Dario, Oshún, mi defensora y aliada de siempre. Recordé cuando Lena me contó el pàtàkí donde Oggún estaba incontrolable en el monte. Dejando al mundo sin sus herramientas y la posibilidad de ningún adelanto tecnológico. Nadie conseguía persuadirlo para que saliera de allí, el dios de la guerra estaba muy enfurecido. Solo Oshún con su dulzura, sensualidad, belleza y atracción logró hacer que poco a poco fuera avanzando en busca de sus favores hasta el descampado que rodeaba la manigua. Me propuse utilizar la misma estrategia de sensualidad. Para que él nunca pudiera olvidar el dulce sabor de la miel que pondría en su boca, y luego le arrebataría. Justo como él me había arrebatado toda esperanza en aquel amor que un día me profesó. Sería paradójicamente un final feliz con un terrible regusto amargo. Lleno de desilusión, dolor y desconfianza.

Me sentía empoderada, capaz de vencer a un dragón, imparable y recuperada. Era la primera vez que podía sentir esta sensación de poder y desapego con respecto a él. La única vez que respiraba sin que doliera mi pecho por la agonía de perderlo. Había tomado una decisión y me sentía preparada para llevarla a cabo. De una forma casi teatral, profunda y dramática. Contundente e insuperable, sutil y mortal, desafiante y demencial. Justo como ese amor, que me había hecho perder la cabeza de mil formas diferentes desde que lo conocí. Esta sería mi alma mater, una salida de emergencia jamás pensada. Una poderosa arma de destrucción sentimental creada por el desamor, la traición, la desesperanza y la desilusión.

Estos pensamientos revoloteaban en mi mente, al igual que las mariposas en mi estómago, al reconocer las verdaderas consecuencias de mis futuros actos. No puedo considerarlos de venganza en la mayor extensión de esta palabra, pero desde luego no eran involuntarios y sí premeditados. Siempre querré el bien para Dario, su salud, bienestar, evolución y desenvolvimiento. Continuaré pidiendo su bendición y siempre le estaré eternamente agradecida. Pero no podía permitir bajo ningún concepto que mi presencia quedara en el olvido. Y mi paso por su vida sin repercusiones trascendentes, como lo ha sido la de él para mí. Lo dejo ir…, pero intentaré que mi recuerdo habite por siempre en su pensamiento. Tal y como él vivirá en el mío.

¿Saben algo? Mi padre tenía mucha razón; la mujer es una de las maravillas de esta naturaleza humana. Hemos sido dotadas con el don de dar vida a otro ser humano, somos cariñosas, amorosas, sensibles. Nos embarga un poderoso sentimiento maternal, nos entregamos en cuerpo y alma, lo damos todo por amor, alegramos y complacemos a nuestros seres queridos. Pero… podemos ser la peor fiera que habita en el planeta si se nos lastima, nos hieren, nos ofenden y nos menosprecian. O si lastiman a nuestros hijos. Entonces podemos ser calculadoras, vengativas, desafiantes y peligrosas. Esos vestigios de fiera herida querían aflorar en mí, y reconozco que un poco de libertad sí que les di. Porque necesitaba sentirme lo suficientemente fuerte para llevar a cabo este nuevo cometido. Me concedí el permiso de darle un poquito de su propia medicina, pero, como dirían los astrólogos, en retrogrado. Solo me vengaría dándole tanto amor que nunca podría olvidarlo. Ya saben, tratamiento de locos, como se dice en mi tierra.

Por suerte tengo esta gran fe, la percepción de un mundo más allá de la vida terrenal. El desarrollo y avance del espíritu, la pureza del alma y el mejoramiento del karma.

No obstante seguiría adelante con mi plan, que consistía en ofrecerle una experiencia divina con el mejor sexo de su vida, y luego le diría adiós. Continuaría con mi vida sin mirar atrás, y que sea lo que Dios quiera. Y como nunca hay dos sin tres, ¿saben qué? Dario me escribió:

DARIO
Hola nena, tengo muchas ganas de ti.

Ufff, tengo que decir que tuve que hacer un gran acopio de fuerzas para poder contestar.

YAMELI
Hola cariño, yo también de ti mi vida.

Respiré profundo porque solo yo sabía lo que estaba en mi cabeza. La decisión tomada con férrea convicción.

DARIO
Esta semana iré para el puerto, necesito tenerte entre mis brazos. ¿Qué tal tienes el martes?

¡Madre mía! Hoy era domingo, en dos días todo llegaría a su fin. No sé cómo podré conseguir mantener el talante para llevar a cabo mi ya macabro plan.

DARIO
Yameli, ¿estás ahí?

Me increpó Darío con cierto malestar, o fueron imaginaciones mías.

Sin darme cuenta, había pasado mucho tiempo desde que me preguntara eso, pero yo estaba en shock, solo reaccioné con este último mensaje, que me devolvió a la realidad del tirón.

YAMELI
Sí mi vida

Alcancé a decir.

DARIO
¿Entonces nos vemos el martes nena? Iré temprano para que podamos aprovechar el tiempo. Te sorprenderé, ya verás.

Él hablaba y yo me bebía las lágrimas con desconsuelo y profundo dolor. Amaba con una locura irracional a ese hombre, saber que tenía que renunciar a él me mataba en vida. Pero aun así contesté:

YAMELI
Te esperaré con muchas ganas y te llenaré de besos hasta que ya no puedas respirar, te lo prometo.

Como siempre ante esto él saltó como un chiquillo malcriado:

DARIO
Ni hablar, no dejaré que me atosigues, ya te gustaría mimosa. Te veo pronto nena, un beso.

Y se terminó la conversación. Me quedé mirando el móvil con la vista fija en la nada, el alma en la mano y el corazón destrozado. Tan solo de pensarlo mis lágrimas corrían apabulladas unas con otras por mis mejillas y no podía pensar en nada, solo en él. En cómo lo quería y lo deseaba, pero sobre todo en cómo lo echaría de menos cuando por fin lo dejara.

Esta sería con diferencia la decisión más dura, contundente y trascendental que he tomado en mi vida. En cualquier otro momento, esta conversación me hubiera puesto a flotar entre las nubes. Dario había sido cariñoso, jocoso y persuasivo. Su despedida con un beso y ese guiño peculiar que tanto me atraía de él. Desarmaba mi estructura, dejándome expuesta al sufrimiento por enésima vez sin contemplación.

Una cosa me había quedado clara, yo le pertenecía en cuerpo y alma. Esta renuncia sería como un cataclismo irracional que acabaría con mi estabilidad y mi cordura. Pero estaba decidida a llevarla a cabo porque no permitiría ni una burla más. No más faltas de respeto, consideración y decepciones. Sería todo o nada, aunque siendo sincera aun lo quería todo sabiendo que iría a por la nada. Paradojas del destino, divagaciones de una mente perturbada por un amor ciego e irremplazable, que, sencillamente, me habían quitado de la misma forma en la que me fue concedido. Al que rehusaba renunciar y ahora tengo que dar por perdido. Mi dios del trueno adorado, siempre te extrañaré. La tristeza se apoderaba de todo mi ser, lloré y lloré desconsoladamente. El cielo se unió con la tierra y bajo mis pies solo encontraba desesperación. Cómo se escapaba esta historia entre mis dedos, cómo se separaban nuestros caminos y mi corazón se desgarraba con tanta nostalgia. Un abismo sin futuro ni esperanza me envolvió en un oscuro manto. Lleno de melancolía, tristeza y desconsuelo anulando la razón, dejando expuesto al sentimiento.

Permanecí un largo periodo de tiempo en el limbo de mis pensamientos. Sucumbí a la desesperación, un mar de lágrimas derramadas, un corazón marchito. Me despojé de la dura coraza que mantenía completa mi armadura. Dejándome llevar por la marea de sus recuerdos, por ese amor irracional, su desenfreno, ese deseo sexual que me hipnotiza y se apodera de mi cuerpo. Una atracción fatal que me devora en mis adentros, que libera mis sentidos inundando mi alma por completo. Pude contemplar nuestra relación como una película en 3D, justo delante de mis ojos… Cuando nos vimos por primera vez, y ni tan siquiera nos soportamos. Cómo nuestras almas se unieron en aquella obra en el mar, rindiéndole moforibale a la madre universal, Yemayá, mi ángel de la guarda y Orisha tutelar. Cuando me dijo con todo el descaro del mundo que solo quería disfrutar de mi cuerpo y que lo pasaríamos muy bien.

Nuestro primer beso, y todo el revoltijo de sensaciones y sentimientos que tuvieron lugar entre los dos. Aquella complicidad con la que nos mirábamos, la atracción que nos envolvía cada vez que estábamos cerca el uno del otro y saltaban chispas sin cesar. Cuando nuestros cuerpos se fundieron en uno solo y no fuimos capaces de renunciar a esa experiencia con facilidad. Como nos transportábamos a nuestro Edén particular, escondiéndonos de las miradas críticas y acosadoras del resto de los mortales. Y cómo todo se deshizo como agua entre los dedos con aquel viaje a Cuba, que nos arrebató todo lo lindo de nuestros sentimientos. Pensé en aquel bebé que nunca tuve, una prueba fehaciente de nuestra unión más allá de toda sanción. Un pedacito de ambos que no progresó. Estuvo y se fue sin dejarnos rastro alguno, solo yo pude sentir su presencia en el poco tiempo que habitó en mi vientre. Pero él nunca sabrá de su existencia y nada podrá probarlo jamás. Hasta yo misma llegué a dudar, aun habiéndolo sentido. De no haber sido por aquella misa donde se presentó, mi mente ya se hubiera convencido de que tan solo estuvo en mi imaginación.

Y de repente… se presentó ante mí una figura inusual, era una hermosa niña vestida de rosa palo y cabellos castaños. Cuyos rizos caían a ambos lados de su aterciopelado cuello, y mirándome con esos ojazos color esmeralda me dijo:

—No llores más, si es del saco a la boca va. Él también te quiere, aunque no lo sabrá hasta que lo dejes marchar. Venga, mamá, levántate ya.

Entonces se esfumó, desapareció ante mis ojos como un espejismo mágico de esos que nos cuentan en las historias de misterio. No fui capaz de reaccionar a la primera, me quedé petrificada sin mover ni un solo músculo de mi cuerpo. ¿Cómo, en la vida de Dios? Pude ver y escuchar a aquella niña, que sin duda alguna era su viva imagen y además nunca llegó a nacer. Sacudí la cabeza y abofeteé mis mejillas a la vez para despertar de aquel episodio morboso sin sentido alguno. Pero rápidamente recordé que en esta vida existen cosas inexplicables, en las que además creo. Que ella ya me había dado señales de su existencia en el mundo de los espíritus. Pidiéndome incluso que la representara materialmente vestida de rosa, tal cual se me acababa de presentar.

Del tiro espabilé, no podía pensar en Dario ahora mismo, ni tan siquiera podía seguir en medio de mis lamentaciones. Esto era mucho más relevante y trascendental que un amor perdido. Era surrealista, increíble, sublime y perecedero. Era un antes y un después en mi camino espiritual, en la evolución de este y sus repercusiones futuras. No solo por lo que significaba ese espíritu en sí. Si no porque acababa de verlo con nitidez como si fuera de carne y hueso. De escucharlo con claridad y además pude sentir su calidez, y la energía que emanaba de su pequeño cuerpo. Eso nunca lo hubiera imaginado. ¿O sería que había perdido la poca cordura que me quedaba, estando ya totalmente en un estado de locura sin retorno?

Tuve que hacer varias respiraciones profundas para recobrar la compostura y pensar con algo más de claridad nuevamente. Seguía sin dar crédito a la experiencia recién vivida. Pero lo que sé con seguridad es que logré levantarme y reaccionar. Intentando buscar la lógica en lo ilógico, lo racional en lo imposible y la realidad en la ficción. Me di una larga ducha, cabeza y todo, para refrescar mis ideas, supongo. Finalizando con agua casi helada con la intención de despertar de aquel sueño en caso de que lo fuera. La piel de gallina, los pezones erizados y el ligero temblor de mis labios al tiritar bajo el agua fría. Me recordaron que de sueño nada, esta era la pura realidad.

Llevaba muchos años abrazando la doctrina del espiritismo, como legado de mis antepasados, y cuya práctica se sigue en la familia desde siempre. Sistematizada según la filosofía de Allan Kardec, escritor, traductor y filósofo francés. Había leído y estudiado su obra, sin entenderla del todo, dada la complejidad de sus textos y el escepticismo que siempre me ha caracterizado sobre estos temas. Pero nunca creí a ciencia cierta que algún día tendría semejante prueba en primera persona. Es cierto que de niña veía cosas raras, inclusive notaba presencias que podía describir con facilidad. Mis sueños han sido muy vívidos, y en diferentes ocasiones se repiten como en secuencias de cine. Incluso, recuerdo soñar con lugares que después he visitado, o al menos eso he creído. Pero salvo los sueños que en ocasiones reaparecen, y siguen siendo muy realistas, todo lo demás desapareció. Y he dado muchas gracias por ello, ya que me asustaban en demasía. Pero esto, esto era un punto y aparte. Una de esas jugarretas del destino que no paran de sorprenderme.

Siendo realista, ni tan siquiera me atreví a comentarlo con nadie. A pesar de que tenía a Lena y Hortensia cerca. Y mi familia en la distancia, que quizás podrían aclararme algo las cosas. No pude ni quise involucrar a ninguno. A Samuel lo descarté de inmediato, porque esto sin duda afectaba a Dario, y no quise ponerlo en una situación más incómoda aún. Así que estaba sola en este gran dilema que martirizaba mi existencia. Alcé la vista pidiendo al cielo fuerzas para aguantar todo lo que se me venía encima. Invoqué a todo aquello que me acompaña, mis guías, mis Egguns, y a todos los Orishas. Recuperé la calma y conseguí ponerme en marcha. Tenía mil cosas por hacer, tanto en la casa como de trabajo. Había estado tan distraída y acongojada que todo estaba patas arriba. Era hora de espabilar.

Sentí el sonido del Whats'App, cuando lo miré, ¿adivinen qué? Era Joss. No podía creerlo. Con esto no contaba ni por asomo. Decidimos darnos un tiempo para organizar nuestras vidas. Me dejó muy claro que a pesar de no querer perderme del todo estaba con su novia de muchos años nuevamente. Por eso no mantendríamos contacto alguno en una larga temporada, además yo tenía que tomar una decisión sobre Dario. Una especie de ultimátum o algo así. Sinceramente este no era el mejor momento para que reapareciera en mi vida. ¿O sí? Qué sé yo, mi mente estaba a punto de explotar. Esto era un castigo divino, que me recordaba lo peligroso que es tentar al destino. Jugando con dos amores a la vez, nadando entre dos aguas y desafiando toda regla moral antes conocida. Me lo busqué yo solita, ahora tenía que apechugar con las consecuencias y dar la cara.

JOSS
Hola Yameli, espero que estés bien. Ha pasado mucho tiempo sin saber nada de ti.

YAMELI
Hola Joss, qué grata sorpresa saber de ti. No he querido molestarte, como te dije en nuestra última conversación. Estoy bien y espero que tú también.

Fui escueta y un tanto fría en mi respuesta porque la verdad es que nos habíamos distanciado muchísimo.
Su respuesta como siempre no se hizo esperar demasiado.

JOSS
Sé perfectamente que soy el responsable de nuestra situación actual, Yameli. Te echo mucho de menos y no puedo sacarte de mi cabeza. ¿Crees que podremos retomar nuestra amistad y darnos otra oportunidad?

Era una pregunta directa para la que no estaba preparada. Quizás en otro momento hubiera sido lo ideal, pero justo ahora no sabía qué responder, ni cómo actuar. Me quedé completamente bloqueada, justo como un pez fuera del agua. Pero tomé aire hasta llenar mis pulmones y respondí.

YAMELI

Joss cielo, no estoy en uno de mis mejores momentos. Debo confesarte que mis males de amor han empeorado con Dario. No he podido dejarlo, aunque he decidido hacerlo pronto. Pero no estoy segura de que sea una sana compañía para ti ni para nadie ahora mismo, dada las circunstancias. Me dejaste justo cuando más te necesité, y he vuelto a caer en el abismo de mis sentimientos con él.

Lo solté todo sin apenas pensarlo, fui sincera y dije justo lo que pasaba en ese instante por mi cabeza. Sin filtros ni segundas intenciones. Joss había sido aquella tabla en el mar a la que me aferré con toda mi fuerza, y la que tuve que soltar. Él mismo me pidió que lo hiciera, y ahora mi corazón volvía a estar destrozado como antes de conocerlo. Sé que no debería culparlo, pero en fondo lo hacía responsable. Porque si no me hubiera presionado quizás, ¿quién sabe?, ahora estaríamos juntos. Y mi corazón hubiera tenido aún su coraza intacta.

JOSS

Lo siento de veras cariño, por favor perdóname. Fui un necio y egoísta al presionarte de ese modo. Dame la oportunidad de resarcir mis errores y compensarte por esta distancia tan abrumadora que interpuse entre los dos. Hemos conectado y lo sabes, no te encierres en tu dolor nuevamente y permíteme formar parte de tu vida una vez más. ¿Qué me dices?

Ya ven, hay cosas que nunca cambian, Joss no admitía un no por respuesta tan fácilmente, ni se daba por vencido jamás. En eso eran igualitos los dos, recalcitrantes, impetuosos, decididos y desafiantes a más no poder.

«Señor, dame paciencia...», dije mirando al cielo. Las cosas que me pasan a mí son de otro mundo como poco. Es como si la vida se empeñara en ponerme una zancadilla tras otra. Enredando la madeja del camino sin darme apenas tiempo para recapacitar. No sabía cómo enfocar este nuevo desafío, si como un castigo o una nueva oportunidad. Así que me armé de valor, sacado de no sé ni dónde, y decidí pensar en positivo como siempre. Lo tomaría como una nueva vía de salvación. Una ventana que se abre justo cuando las puertas se han cerrado. Mi preciada tabla en el mar después de un terrible naufragio. El clavo que saca al otro clavo, mi particular montaña rusa alcanzando otro nivel de riesgo y suspensión. No pude evitar esbozar una sonrisa al pensar en lo retorcido, travieso y paradójico de la situación actual. Entonces contesté.

YAMELI

Me gustas Joss, es muy cierto que hemos conectado y somos perfectamente compatibles en muchos aspectos. Disfruto mucho con tu compañía, tus palabras, tus caricias y tus besos. Pero… eso no deshace la realidad. Lo amo a él todavía, y tú estás comprometido. Dime, ¿cómo vamos a solventar tales circunstancias?

Tiré literalmente la piedra en su tejado y me quedé a la espera de la réplica cruzando los dedos en un último atisbo de esperanza. Pasaron unos minutos antes de que contestara, supongo que tenía que sopesar su respuesta concienzudamente.

JOSS

Soy consciente de que nuestra situación no es como cualquier otra. Somos dos personas que se atraen y disfrutan juntas, arrastrando con un pasado complicado. Pero vale la pena darnos una nueva oportunidad. Me gustas demasiado y no son muchas las mujeres que han llegado a mis sentimientos. Te deseo y quiero apostar por nosotros. Vayamos poco a poco a ver hasta donde llegamos. ¿Quieres?

Ufff, cómo iba a rechazarlo con esas palabras de aliento que llegaban en el momento preciso. Justo cuando mi alma ya no soportaba más desconsuelo.

YAMELI
Sí quiero, cariño. Démonos otra oportunidad.

JOSS
No te arrepentirás, te lo prometo. Voy a prepararlo todo para poder vernos lo antes posible. Te mantendré al tanto. Cuídate y mándame uno de esos besos tuyos que tanto me gustan.

Le mandé muchos besitos tal y como deseaba y fue el fin de esa conversación. ¡Madre mía! Yo no salía de un roto para entrar en un descosido. Era una película de ciencia ficción por lo menos. Las vueltas que daba mi vida sin previo aviso, cada vez se parecía más a esa montaña rusa con la que muchas veces la comparo. Era de locos, eso seguro.

Bueno, Yameli, tienes que ponerte en situación. En dos días has quedado con Dario. No puedes fallar ahora, así que mucha fuerza y adelante. Prepárate física y psicológicamente para este encuentro único y poderoso. Le dirás Adiós a tu gran amor prohibido, ya que lo has decidido por el bien de tu entereza. Será doloroso, pero la vida te da una segunda oportunidad abriendo una ventana con Joss. Ya lo sé, hablo sola. Forma parte de mi terapia. Puede que por la falta de cordura debido al sufrimiento con este dilema amoroso que me trae de cabeza.

Octavo capítulo

Vagaba por el entresijo de mis pensamientos al intentar digerir los últimos acontecimientos. Cuando, de pronto, sonó el teléfono sacándome de mi nube imaginaria.

Era Dario, contesté casi por inercia con un nerviosismo brutal:

—Hola, cielo, ¿y esta sorpresa?

—No puedo esperar más, estoy ansioso por volver a tenerte —me dijo con ese tono desenfadado que siempre le caracterizaba.

—¿Qué puedo hacer yo por ti, nene? —dije con picardía mientras mordía mi labio sutilmente ante la sola idea de tenerlo.

Él soltó una de esas carcajadas despreocupadas y me contestó descaradamente:

—Puedes adelantarme lo que piensas hacerme cuando por fin te tenga entre mis brazos.

Sonreí ante tan malintencionada frase, y entonces sin tan siquiera pensar en nada más me dejé llevar:

—Lo primero, caerte a besos hasta que te falte la respiración.

—Ya eso lo sé, pesada, dime algo más —replicó como siempre.

—Luego… recorreré tu cuello y el lóbulo de tus orejas con mi boca, acariciando con mis manos tu torso desnudándote poco a poco. Mientras mis sentidos se deleitan con el néctar y el aroma de tu piel. Al tiempo que mi lengua recorre todo tu cuerpo en busca de nuevos sabores y sensaciones —callé deliberadamente.

—Ufff, eres lo peor, ahora tendré que ir a buscarte cuanto antes. Has logrado que se despierte toda esa virilidad que tengo para darte. Mañana no podrás escapar de mí.

—Eso ni pensarlo, mi vida, quiero poseerte y que me poseas, como si fuera nuestro último encuentro y nos fuera la vida en ello.

Al decir estas palabras comprendí lo mucho que significaban en este contexto. La magnitud de ese momento y sus repercusiones. Entonces, las lágrimas salieron de su escondite torrencialmente en busca de la libertad. Dejándome casi sin opciones ni salida posible, antes de caer nuevamente en su embrujo una vez más. Rodeada y seducida por todas esas tentaciones que me atraían hacia él.

—Más te vale, nena. Hoy me tocaré deseoso de tu cuerpo y de tu esencia mientras te pienso. Un beso, allí donde se pierden mis sentidos. —Y colgó.

Wuao, me quedé sin palabras con las suyas taladrando mis oídos. Dario nunca ha mostrado ningún atisbo de romanticismo. Sus palabras siempre son directas y concisas. Al pan, pan, y al vino, vino. Te lo suelta todo al duro y sin guantes. Como decimos en Cuba en modo jocoso, «sin vaselina».

Siempre que de un modo u otro decidía poner punto y final, él me daba un giro diferente volviéndome a descolocar. Como si en realidad pudiera leer mis pensamientos o escanear mis sentimientos en profundidad. Una tortura, que ponía mis nervios de punta y mi entereza boca arriba. Mis fuerzas cedían ante él, como el merengue en las puertas de un colegio a la hora de salida. Era una pesadilla que no tenía ni principio ni final. Un bucle perenne que me mantenía girando en círculos sin parar. Pero ya lo había decidido, este cambio repentino no volvería a engañarme. Continuaría con mi plan hasta el final sin miramientos. Para ello tenía que dejar de pensar, solo actuar.

Y comencé a prepararme; puse el color en mis raíces mientras me depilaba concienzudamente. Exfolié mi cuerpo con una crema de Grandberry, en lo que la mascarilla actuaba sobre mi pelo. Repasé mis pies con la piedra pómez, terminando la ducha con agua bien fría para tensar toda la piel y activar las neuronas. Salí con el albornoz, sequé y planché mi melena, maquillé las uñas de manos y pies, me coloqué la crema corporal y facial. Nada, que me hice un chapado y engrase completo, la

ITV como me gusta bromear con mis clientes. Estaba lista, radiante y muy, pero que muy nerviosa. Para qué voy a mentirles, si hasta me tomé un par de tilas que no parecieron ayudar en nada.

Necesitaba mantenerme ocupada, porque pensar y agobiarme era lo mismo. Había demasiado en juego tanto sentimental como físicamente. Como dice el Oddun del Dilogún Iroso (4): «Nadie sabe lo que hay en la mente de otra persona, ni tampoco en el fondo del mar. La procesión se lleva por dentro, y nos corroe como el óxido al hierro».

Respiré hondo y continué con el día a día. Las labores habituales de la casa, responder algún amail, contestar mensajes atrasados y esas cosas. Hasta opté por aprovechar para cambiar mi bóveda y todas las asistencias que tenía a los Egguns y espiritualidades. Pero el tiempo parece detenerse cuando la mente está dispersa y atolondrada. Por mucho que creí avanzar, no terminaba aquel día previo a nuestro encuentro final. Era como una especie de venganza kármica por la decisión tomada y la forma en que pretendía llevarla a cabo. Por fin llegó la noche, ya solo quedaban unas horas y mi estómago empezó a quejarse de lo lindo. Tuve un par de diarreas y mil retortijones. Los síntomas aparecieron antes del golpe final, así que no me quedaba nada. Esto no sería fácil de digerir, eso seguro. Logré dormirme gracias a Dios y a todo lo que me sostiene en este mundo.

Soñé con él, con nosotros y una vida libre de traiciones, mentiras y trivialidades. Vivíamos juntos y felices en una casita con vistas al mar ubicada en lo alto de un acantilado, al sur de la isla. Estábamos inmersos en un nuevo proyecto y con la preparación de mi coronación. De repente... desperté y lo comprendí. Mi subconsciente me recordaba mis más íntimos deseos, esos que ya nunca podrán hacerse realidad. Y a pesar de tenerlo prohibido, lloré como una magdalena sin consuelo. Entonces, así sin avisar, amaneció. El sol entró por la ventana y mi cuerpo se tensó, me levanté y me fui a la ducha para despejarme, despertarme y sobre todo calmarme.

Le preparé el desayuno a Saúl y lo despedí con cariño dándole mi bendición como cada mañana, cuando sale al instituto. Dario llegaría de un momento a otro. Así que me vestí deprisa, ya había elegido un práctico vestido que me venía de perlas con unas sandalias a juego. En el bolso un recambio por si acaso me sorprendía con alguna reserva y la traba del pelo por si las moscas. Dejé suelta la melena y me estrené una braguita súper seductora que guardaba para él. Estaba lista, a simple vista no faltaba detalle alguno. Por dentro destrozada, temblaba como un flan y mi corazón palpitaba a mil por hora. No tengo palabras para describir la amalgama de sensaciones que atravesaba en ese instante.

Sonó el timbre de la puerta, era Dario. Al verlo, mi mundo giró sobre su eje y desapareció todo plan, maquinación o atisbo de venganza. Éramos dos convertidos en uno solo, dos cuerpos rodeados de la misma energía y sed de amor. Un deseo que superaba con creces cualquier malentendido anterior, cualquier palabra y todo pensamiento. Una atracción fatal que nos despojaba de todo raciocinio, de toda lógica y solo nos permitía dejarnos llevar. Sus ojos verde esmeralda me atravesaron como una lanza directa al corazón. Me desnudaron con esa mirada pecaminosa y corrupta que desarmaba todos mis sentidos.

Y mis manos rodearon su cuello mientras mi boca buscaba la suya. Para fundirnos en un beso interminable, que nos arrastró al dormitorio sin pensar. Ni tan siquiera una palabra, solo ese suspiro que me desgarró por dentro y por fuera al mismo tiempo. «Ufff, qué ganas», exhaló él al tiempo que me desnudaba con premura y seducción. Sus pupilas se expandieron y oscurecieron, cuando por fin me tuvo delante como Dios me trajo al mundo. Sus ojos parecían salírsele de sus órbitas mientras sus manos tocaban mis pechos. Que, como botones endurecidos, saltaban de excitación y como flechas apuntaban al frente en busca de sus besos con devoción. Su boca no los hizo esperar y, posándose en ellos, arrancaron de mi garganta un grito de inmenso placer. Mis manos buscaron arrebatarle todo lo que se interponía entre mi piel y la suya. Y cuando lo hube logrado, mis ojos se fueron a su virilidad, que se levantaba erguida, como una bandera antes de comenzar la contienda en el campo de batalla. Mi boca se hizo aguas ante tan suculento manjar y no pude más que tocarle, para luego bajar a degustar tan delicioso plato. Que me dejó con ganas de mucho más. Así que continué por toda la zona prohibida y obscena degustando cada centímetro de su musculado y apetecible cuerpo. Visité, besé y toqué cada pequeño detalle que no debe ser vulnerado. Mientras Dario se retorcía de placer en mis manos, provocado con mi boca y mi lengua, que no paraban de manipular su sensibilidad. Él permanecía de pie y yo arrodillada sobre una almohada en su regazo. Cuando no pudo soportarlo más, me agarró por los hombros y me abrazó contra su pecho besándome con devoción y anhelo. Dejamos caer nuestros cuerpos desnudos sobre la cama mientras sus manos examinaban mi sexo con determinación y contundencia. Su boca ocupada con la mía, y mis manos apretándolo con fuerza. Dimos vueltas sin parar tocándonos y besándonos hasta quedarme expuesta a sus ojos completamente.

De pronto su mirada se posó allí donde el monte Venus planta sus frutos. Y después de tocarme repetidamente con sus potentes y vigorosas manos hasta hacerme desfallecer. Su húmeda boca se plantó en mi centro y no cedió ni un instante hasta que succionó cada gota del néctar de la vida que escapaba de mis adentros. Yo mordía mis labios con fuerza intentando controlar esos gritos de placer que luchaban por escapar de mis pulmones hacia el cielo. Él viraba sus ojos en blanco y gemía sin control. El éxtasis se apoderó de ambos mientras el tiempo se detenía antes de ninguna otra acción.

Nos quedamos así, mirándonos fijamente sin dar crédito a tan majestuosa sensación. Me abrazó y lo abracé sin decir una palabra, me dio la vuelta poniéndome de espaldas. Y permanecimos abrazados, piel con piel, unos segundos que parecieron toda una vida. Un maravilloso momento de complicidad entrañable, como esos que solíamos tener antaño y que habían desaparecido. Solo se escuchaba nuestra respiración, que se iba acompasando gradualmente, al unísono de nuestras palpitaciones.

Dario comenzó a besar mi cuello, el lóbulo de mis orejas y a susurrarme esas cosas que suelen salir por su boca que me niego a reproducir. Sus manos se adueñaron de mis pechos mientras mí libido iba en aumento exponencialmente. Podía sentir cómo su virilidad cobraba vida, posándose en mis glúteos con precisión. Los gemidos se escapaban de mis adentros mientras mis manos se aferraban a la almohada en busca de una salida. ¡Oh, Dios! Estaba en sus redes, su aura se apoderó de la mía sin avisar. Le pertenecía, mi adicción por él me dejaba sin escapatoria alguna. Alcé la vista en busca del perdón y me entregué a mi Adonis sin miramientos ni objeción. Dejé que se apoderara de todo mi cuerpo, que explorara cada rincón y me hiciera suya de todas las formas humanamente posibles e inimaginables. Fui solo de él sin tapujos ni moralidad. Sin miedo ni resquemor. Con trasparencia, espontaneidad, entrega y pasión. Me amó y lo amé más allá de lo racional o permitido. No quedó orificio sin tocar, ni pliegue sin besar. No discutimos, ni objetamos, solo aceptamos y disfrutamos de un sexo único y sin parangón. Ese que nos invadía cuando se cruzaban nuestros caminos y que no podíamos evitar. No quería que terminara, necesitaba aún mucho más. Así que cuando ya era casi la hora del regreso de Saúl le dije:

—Nene, quiero que sigamos hoy juntos. ¿Te parece bien que vayamos a dar un paseo antes de que te marches?

Él me miró un tanto asombrado porque nunca le había propuesto nada igual. Pero hoy habíamos alcanzado un nivel de complicidad y un éxtasis nunca antes logrado. Así que supongo que él tampoco quería separarse de mí aún. Por eso respondió:

—Mi vida, tenía pensado que saliéramos a pasar un día diferente, pero ya ves que no he podido resistirme a poseer tu cuerpo añorado. Y sigo con ganas de ti, así que nos damos una ducha rápida y nos vamos por ahí. Donde sea mientras estemos juntos.

Eran sinceras sus palabras, y auténtico mi deseo. Por eso ni me lo pensé dos veces. Lo arrastré al baño, donde nos duchamos en silencio, compartiendo espacio y miradas de complicidad y deseo al mismo tiempo. Dejé mis pensamientos fuera del alcance de la razón para no caer en discordia ni arrepentimientos adelantados. Solo me dejé llevar y disfruté de mi dios del trueno con todas las fuerzas de mi ser. No pudimos escapar de la tentación y volvimos a tener ese sexo que enloquecía nuestros sentidos. Enjabonados, mojados y ansiosos, como si nos fuera la vida en ello. Hicimos el amor bajo la ducha, que dejaba caer el agua sobre nuestros cuerpos entrelazados y sedientos. Me colocó delante y, girándome el torso, penetró en mi interior sin preámbulos ni medias tintas. Con desesperación, con furioso deseo carnal y primitivo. Dejándome a su merced y antojo. Mientras depositaba toda su esencia en mi interior, quemándome por dentro una y otra vez. ¡Ufff, qué forma de amar tan desenfrenada! Ese hombre colmaba mis sentidos, volviendo en mí contra cada pensamiento o decisión. Nos miramos y besamos con más anhelo si cabía. Pero el tiempo no estaba a nuestro favor, así que dejamos por fin el baño y nos apresuramos en vestirnos para salir de casa. Yo tenía el almuerzo preparado para el niño en la nevera, y como mi bolso estaba listo nos fuimos sin dilación.

Dario me tomó de la mano al salir de casa y me dijo:

—¿Deberíamos comer algo, cielo? ¿Qué te parece si vamos al bar de aquí cerca?

Lo miré con ese amor que tengo para él mientras respondía:

—Claro, mi vida, es una idea estupenda.

Como algo normal, me tomó de la mano mientras nos dirigíamos al bar, que estaba en el costado del edificio donde vivía. Una vez allí, pedimos unos refrescos, un bocata para él y otro para mí. Eso era suficiente para reponer fuerzas, y algo más contundente no nos apetecía. En realidad solo queríamos volver a estar solos en la intimidad cuanto antes. Charlamos de puras tonterías y nos reímos como dos colegiales en pleno proceso de enamoramiento. Podía sentir cómo las miradas indiscretas del resto de comensales, de los dueños y meseros se posaban en nosotros con curiosidad. Habíamos estado en algunas ocasiones juntos allí. Pero esta era sin duda la de más intimidad y complicidad. Se podía notar a la legua nuestro deseo y la atracción que emanábamos el uno por el otro.

Terminamos y nos disponíamos a marcharnos cuando de repente…

—Dario, ¿qué haces por aquí? —le increpó una voz femenina.

Su semblante cambió súbitamente mientras se incorporaba para contestar.

—Vaya, Sonia, me alegra verte. Te presento a mi amiga Yameli —le dijo al tiempo que me miraba en busca de una reacción.

La miré con asombro, pero contesté con educación:

—Hola, soy Yameli.

Ella me respondió con desaire:

—Yo soy Sonia, prima de Dario. —Y mirando hacia él le preguntó—: ¿Has venido a visitar a tía?

—No, Sonia, he quedado con Yameli, tenemos que marcharnos porque se nos hace tarde. En otro momento visitaré a mamá. Me alegra verte, dale saludos a la familia.

En ese mismo instante me tomó de la mano y salimos en dirección al coche, que como de costumbre lo aparcó al doblar del edificio, en dirección contraria, alejado de vistas indiscretas.

No quise poner el dedo en la llaga con ninguna pregunta indiscreta. Y él no tenía ganas de hablar. Así que en silencio subimos al coche y ya una vez dentro me dijo:

—Lo siento, cielo, no esperaba encontrarme con nadie de mi familia, y menos con ella. Que le encanta ir por ahí cotilleando en la vida de todos. No era mi intención que mi madre supiera que hoy había estado tan cerca de su casa sin visitarla. Ahora tendré que darle explicaciones y sabes que no me gusta.

Su tono era de preocupación y de fastidio a la vez. Yo no supe cómo enfrentarme a esa situación. Pero tenía que decir algo, y eso hice:

—Nene, lo lamento mucho. ¿Quieres que lo dejemos por hoy? —esta pregunta se me escapó sin pensarlo.

Dario me miró sorprendido mientras se abalanzaba sobre mí buscando mis labios y besándome con pasión.

—Ni hablar, cielo, ahora te deseo mucho más.

Arrancó el coche y nos dejamos llevar por la carretera, alejándonos todo lo posible sin mirar atrás. Instintivamente mi mano se posó sobre su pierna, y mi mirada acariciaba el resto de su cuerpo mientras él conducía sin rumbo fijo. El camino me resultó conocido, pero no dije ni una palabra. Continuamos por el litoral rumbo al norte. De cuando en cuando, Dario volteaba su cara y me regalaba una sonrisa desordenando mi mundo y dejándome a sus pies. Al cabo de casi veinte minutos de conducción noté como íbamos apartándonos de la carretera por un camino secundario en dirección al mar. Estábamos por Garachico, pude reconocer el acantilado donde meses atrás estuve de picnic romántico con Joss. ¡Madre mía! El destino me la estaba jugando sin compasión. Era justo al lugar que nos dirigíamos ahora nosotros. Respiré profundamente intentando atrapar las mariposas que revoloteaban en mi estómago sin control. Conté hasta diez, erguí mi cuerpo y me encomendé a mi ángel de la guarda para que velara mis pasos y no me dejara desfallecer.

Se conoce que no era la primera vez que estaba allí. Porque no tuvo problema alguno para encontrar un sitio seguro y apartado para aparcar el coche en aquel terreno abrupto. Ni mencioné ese tema, calladita que estoy más bonita. Con el motor ya apagado y el coche en un buen sitio él se volteó hacia mí con sus bellos ojos fuera de órbita sin control. Me arrancó un beso atrayéndome a su regazo con fuerza desmedida. Y echando el asiento hacia atrás me senté encima de sus piernas abrazándome con fuerza.

Susurrándome al oído:

—Te deseo, quiero que seas mía aquí y ahora. No me canso de poseer tu cuerpo, de tus caricias y tus besos.

Ufff, cómo en la vida de Dios iba yo a negarle tal petición a mi gran talón de Aquiles, mi manzana prohibida, la tentación y la perdición de mi existencia.

Me deshice de las bragas como pude, el vestido ya estaba por los asientos tirado, mientras él sacaba sus pantalones y yo le ayudaba con la camiseta. En un acto brusco y ansioso de sexo sin cordura, al más puro instinto salvaje, primitivo y animal. Dentro del coche, con los asientos delanteros declinados. A la luz del brillante sol, que resplandecía dándonos su bendición. Era un sitio muy apartado de todo y de todos, sin tráfico. Justo encima de un acantilado que nos recordaba lo unidos que estábamos al mar y a la madre naturaleza.

Hicimos el amor con ternura, pero después tuvimos un sexo casi duro, delirante e incomprensible. De frente, de espaldas, con ansias, lujuria y deseo ardiente. Desaparecieron las barreras, se rompieron las ataduras pasadas. Desafiamos la gravedad, lo lícito y lo correcto. Entramos en el oscuro mundo del pecado original, perverso y prohibido. Sin reglas, tabúes, prejuicios o contención de ninguna clase. Éramos uno solo compenetrados, ensamblados y en la misma sintonía. Dos cuerpos libres de pensamiento, llenos de acción, un engranaje perfecto en una danza sexual y divina. Acoplados sin escrúpulos ni falsedades, como si nada existiera salvo nuestro ardiente deseo y atracción. Fuimos presa de un amor irresistible y una pasión conmovedora. Que quedaría por siempre grabada en nuestra memoria. Las horas se esfumaban cuando estábamos juntos, volaban sin darnos tiempo para recapacitar. De pronto, en mitad de nuestro idilio desenfrenado, el sol dejó de brillar y la luna tomó con sutileza su relevo. Sumiéndonos en un ambiente romántico y delicado para poner un sello crucial en aquel magnífico encuentro. Entre Afrodita y Adonis, entre Eros y Ágape, dejando la filia como un simple espectador. Era ese antes y el después que no hubiera imaginado ni en mis mejores sueños. Así de mágica se tornó lo que yo hube decretado como nuestra despedida, pero de la que él no tenía ni idea. Eso lo ponía todo mucho más difícil, triste y doloroso.

Estábamos allí a la luz de la luna, desnudos con nuestros cuerpos entrelazados. Acurrucados dentro de lo que se había convertido en nuestro nuevo nido de amor, el coche. Lo acariciaba suavemente y él se dejaba hacer. Mientras sus manos también acariciaban mi cuerpo con delicadeza. Esos momentos que escaseaban entre nosotros y que hoy tomaron todo el protagonismo. Ambos en silencio, cómodos y sin prisa alguna.

Paradojas del destino, que no paraba de darme duras pruebas. Amaba a ese hombre, lo deseaba y lo necesitaba más que comer o respirar. Pero estaba segura de que él no le convenía a mi vida, que desequilibraba mi existencia y hacía divagar mi mente sin razón. Y justo cuando me decido a dejarlo tuvimos este encuentro que tambaleó toda mi determinación. Se mostraba cariñoso, empático y vulnerable. Me daba cariño, mimos y la atención que me había negado desde siempre. «De verdad esto es ponérmelo difícil», pensé mirando al cielo. En eso Dario se incorporó y me dijo:

—Cariño, creo que es hora de regresar, se nos ha echado la noche encima sin avisar y aún tengo que conducir hasta el sur. No te imaginas las ganas que tengo de pasar la noche contigo, pero por ahora eso no es posible. —Y mirándome en busca de una respuesta me besó nuevamente.

—Sí, mi vida, tienes razón es muy tarde, tenemos que irnos —dije en lo que atinaba a coger mi vestido y comenzaba a buscar mis bragas, que desaparecieron durante nuestro furor.

Nos vestimos intercambiando miradas de complicidad y mordisqueando los labios sensualmente a cada instante. Recordando los momentos y sensaciones vividas. En aquel día de película inolvidable que habíamos protagonizado los dos. Dario puso el coche en marcha y, como chofer experto, en pocos minutos ya estábamos en la carretera de vuelta al puerto.

Me dejó por encima de casa, como de costumbre. Pero antes de bajarme del coche fui yo quien se abrazó de su cuello abrazándolo fuertemente. Como si nunca más pudiera volver a hacerlo. Las lágrimas no pudieron esconderse y rodaron por mis mejillas como símbolo de un amor incontrolable y una pérdida irreparable. Él me apartó y me dijo con dulzura:

—No llores, cariño, te prometo que nos volveremos a ver muy pronto, ya te echo de menos.

Noveno capítulo

Vi cómo se marchaba su coche, y con él gran parte de mi alma. Dentro se alejaba el gran amor de mi vida, que sin saber mis intenciones sonreía soñando con la idea de un nuevo encuentro muy pronto. Me quedé allí, a las afueras de mi edificio, mirando al cielo, a los astros. Que decidieron presenciar ese momento único y trascendental de nuestras vidas. Regalándonos una preciosa noche estrellada con luna llena, colmando los sentidos e incitando la añoranza. Mi corazón sangraba de dolor emanando gritos de auxilio, que mi razón no quería escuchar, ni mucho menos sentir. Atrapada entre dos mundos, con reglas y diferentes gravedades. Donde la atmósfera cobraba otro significado. Dos hemisferios opuestos, la razón y el corazón. La lógica y el sentimiento, en una guerra irregular y desproporcionada. Sabía que, ganara quien ganara, juntos perderíamos. La derrota era inevitable, el sufrimiento garantizado, las lágrimas imparables. Y a pesar de todo debía, es más, tenía que dejarlo ir… por el bien de ambos, pero sobre todo por el mío.

Eché un último vistazo al cielo, suspiré profundamente y entré en casa. Decidí que no podía echarme atrás, era importante cumplir conmigo misma. Darme ese lugar que merecía de una vez por todas, ser un ejemplo y demostrarle a él lo que valía. Perderme así era la única forma de reconocer lo que tenía. Restaurar el amor propio perdido, mi entereza y volver a mirarme al espejo con orgullo formaban parte de esta dura decisión.

Durante todo este tiempo, desde que lo conocí, he aprendido a perder, he caído y me he levantado mil veces. He llorado, sufrido y sucumbido a mi dolor una y otra vez. He soportado cargas muy pesadas, como el desprecio, el ultraje y la ignorancia. Me han derribado miles de traiciones, mentiras, infidelidades y duras realidades arrojadas sin filtros en mi cara, sin tapujos ni resentimiento. He escuchado falsas promesas, burlas y temeridades. Me han renegado, hundido y aplastado. Pero también he conocido el amor, la pasión sin límites y he experimentado infinidad de placer. A un elevado coste, que ahora por fin pongo en la balanza de la justicia divina, y esta se inclina a mi favor.

Lo he querido más que a nada en este mundo, con tanto amor que hasta duele el corazón. Lo di todo sin pedir nada a cambio con entrega ciega, enfermiza y total. Idealicé nuestro romance, así como a él mismo. Me dejé arrastrar por la corriente de mis sueños sin rumbo fijo, hasta casi perderme completamente. Renuncié a mi orgullo, al amor propio y a los principios que siempre me caracterizaron. Cambié mi percepción del mundo, mi moralidad y mis conceptos del ser. Expandí mis horizontes, abrí mi mente y aparté todo el Ego de mi interior. Tan solo por tenerlo a él, por un trocito de su atención. Mendigué sin escrúpulo alguno su amor, mientras que él tan solo me tiraba las virutas de su atención. Y yo, cual cría detrás de los dulces en una piñata, rebuscaba en el suelo su cariño. Arrastrándome sin vergüenza, enamorada y perdida. Como una adolescente cuando conoce a su primer amor.

Sé que tenemos una conexión diferente y especial, algo más allá de lo físico. Estamos espiritualmente conectados, como si en realidad hubiéramos estado destinados a estar juntos. Como dos almas gemelas que buscan su unión en este plano terrenal. Aunque... teniendo en cuenta el curso de los acontecimientos eso habrá sido en otra vida. En esta, lo dejo ir... para poder avanzar. Para salvar lo poco que queda de mi integridad y poder darme la oportunidad de disfrutar de un amor pleno. Nunca le olvidaré, vivirá en un pedacito de mi corazón hasta que deje de latir. Siempre le agradeceré por enseñarme que la vida es mucho más de lo que yo imaginaba. Por despertar en mí este gran amor que dormía en mi interior. Por convertirme en la mujer que hoy soy, con más fuerza, entereza, fe y llena de nuevas esperanzas. Dario es y siempre será mi Adonis, mi dios del trueno. Y Yo seré siempre su Afrodita. Caí en sus redes y me convertí en adicta a todo él. Es mi perdición, mi talón de Aquiles y necesito desapegarme para sobrevivir.

Debo elegirme a mí antes que a él. Cuando un jarrón se rompe tantas veces, podemos recoger sus pedazos y volverlos a pegar, pero nunca podrá ser lo mismo. Quedarán por siempre las cicatrices como recordatorio de su destrucción. Además siempre se perderán pequeños pedazos en el proceso. Poco a poco, sin darnos apenas cuenta, lo iremos desplazando hacia atrás para tener delante mejores jarrones intactos. Eso ha pasado con nuestro amor, se ha degradado a tal nivel que poco ya podremos hacer para salvarlo. Y él persiste en renegar sin aceptar, lo que imposibilita aún más su redención.

Así que por más que mi corazón insista en este amor fallido. Mi razón ha tomado el mando, dejándolo marchar. Liberándolo sin dejarle de amar, renunciando a una parte de mí para salvar la restante. Porqué en ocasiones tenemos que soltar amarras y aligerar equipaje, si no nunca llegaremos a nuestro destino original. Los caminos del señor son inescrutables, al final todo pasa por una razón. Debemos tener el valor de continuar, pasar página y escribir otro capítulo en ese maravilloso lienzo que es la vida. Dar paso a nuevos y frescos colores. Apreciar las mariposas en primavera volando de flor en flor. Liberar el alma y abrirnos a un nuevo amor. Con un paso siempre adelante, preciso, fuerte y seguro cerraba esa puerta pesada y me dolía mucho de verdad. Pero era necesario, y además tenía una ventana abierta cubierta de luz y nuevas posibilidades.

Estaba tan adentrada en la nebulosa de mis pensamientos que no escuché el teléfono, que sonaba sin cesar. Para cuando regresé de mis capitulaciones encontré un par de llamadas perdidas, era Dario. No podía creerlo, era surrealista que siguiera produciéndose esa sincronicidad en nuestras vidas. Cada vez que decidía dejarlo marchar el universo se mostraba implacable y contradictorio. Y él aparecía como por arte de magia de la nada en mil formas diferentes. En esta ocasión no contesté, decidí que sería la sutil manera de hacerle entender que algo se avecinaba, y no era precisamente una grata sorpresa. Muy a mi pesar, pasé de mi gran amor para, con este simbólico acto de rebeldía, dar comienzo a la retirada final.

Pero él no me lo pondría tan fácil, volvió a llamar un par de veces más. Al ver que no conseguía contactar me escribió por Whats'App:

DARIO
Hola nena, ¿dónde estás? Necesito hablar contigo, llámame, es importante.

Leí el mensaje unas mil veces, hasta que por fin decidí contestar.

YAMELI
Hola cielo, estoy muy liada. ¿Qué sucede?

No tardó en contestar, algo poco usual.

DARIO
—Tengo que regresar a Cuba muy pronto cielo, necesito recibir a Ochosi de una vez. Quiero que hablemos antes, ¿sí?

Esta noticia cayó sobre mí como un bloque de hielo que te destroza y enfría sin rechistar. A pesar de esperarla por la conversación sostenida con Lena en su casa. Esa que desencadenó mi total declive emocional y me hizo tomar esta dura decisión. Donde no solo me habló de sus inminentes problemas, y la necesidad de recibir a este gran Orisha Guerrero y dueño de la justicia ciega y divina, sino de su intención de casarse con aquella mujer, algo que colmó todos mis sentidos, llenó mi copa y destrozó todas mis ilusiones.

¿Hablar? ¿Qué mentira o excusa tendría reservada esta vez? O sencillamente hablaría sin tapujos y me diría sus verdaderas intenciones. Demostrando su poca empatía y lo poco que significaba para él. Estas y muchas otras historias se tejían en mi cabeza como historias de ficción. La carreta delante de los bueyes, como se suele decir. El parche antes de la gotera. Un murmullo caótico y siniestro lleno de negatividad y derrotismo, que invadían mi lógica. Dejándome indefensa ante mis propios pensamientos.

Por toda la preparación mental, todo lo que he leído y visto en diferentes medios de comunicación. Sé que no debía contestar a la primera, tenía que sosegar mi espíritu interior y ser capaz de escucharle. A fin de cuentas ya había decidido dejarlo ir. Así que respiré profundamente y lo llamé:

Lo cogió al primer timbrazo, se conoce que esperaba mi llamada.

—Por fin, cariño, creí que pasabas de mí.

—¿Qué pasa, cielo? ¿Cuándo te tienes que ir? —le hablé con un tono neutro que captó su atención.

—Me voy la próxima semana, todo se ha complicado y no puedo esperar más. ¿Estás bien? Te noto diferente y lejana —me dijo preocupado.

Si él supiera, pero aún lo amaba y no quería que se marchara con un mal sabor de boca o disgustado. Así que, una vez más, en un instintivo gesto de protegerlo a toda costa, le mentí:

—No, mi vida, es solo que me coge desprevenida esta noticia y la premura del viaje. Parece que cada vez que nos vemos algo te arrastra lejos de mí otra vez. Como si Cuba nos separara irremediablemente.

—Lo sé, no hemos podido hablar con calma desde que regresé y ahora me tengo que volver a marchar. Quiero que sepas que no sales de mi cabeza, y el otro día fue muy especial. Pero es como si te estuviera perdiendo, no puedo explicar esa sensación. Dime que no es así —dijo en tono de preocupación.

No podía seguir hablando, mi corazón sangraba de dolor. Mi voz se quebró cuando le volví a mentir a medias:

—Tranquilo, tú céntrate en resolverlo todo y cuando regreses hablaremos con toda la calma y el tiempo del mundo. Eres y serás mi gran amor. Te quiero y siempre te querré. Sé que no te gusta escucharlo, pero es la pura realidad.

—Intentaré verte antes de irme, me haces mucha falta, necesito esos besos pesados tuyos y añoro tu cuerpo junto al mío —prometió.

Esas palabras desarmaron por completo mi férrea armadura, las lágrimas empañaron mi visión. Mientras, sacando la fuerza de lo más profundo de mi interior, mi voz respondía:

—Cariño, aunque no nos podamos ver mi corazón estará contigo en todo momento. Luego me cuentas qué sucede si te apetece, solo quiero que estés bien. Un beso, mi vida, o mil. —Y colgué, no podía seguir con esa conversación.

Curiosa manera tiene el universo de jugármela constantemente, no me daba ni un respiro. En cierto modo, que se marchara era lo mejor para esta transición. Y me dejaba algún tiempo para fortalecerme y poder afrontarla. Parece que va a ser cierto ese dicho; todo lo que sucede, conviene.

Entonces, y aunque parezca mentira, sucedió lo inimaginable, otra de esas coincidencias o más bien Serendipias de esta vida.

JOSS
¿Cómo estás mi vida? Tengo una sorpresa para ti.

Miedo me daba contestar, las sorpresas de Joss eran impredecibles.

—Hola cariño. Todo bien por aquí. Cuéntame. ¿Cuál es esa sorpresa?

Quedé a la expectativa porque en el fondo deseaba volver a verlo. Junto a él era mucho más fácil disipar la sombra de Dario. Ya lo sé, era muy egoísta pensar así, pero no pude evitarlo. Cruce mis dedos instintivamente antes de mirar su respuesta.

JOSS

Estaré allí en unos días, tengo mucho que contarte y quiero que sea en persona. ¿Qué me dices, te apetece que nos veamos?

Alcé la vista al cielo en busca de consuelo y al mismo tiempo dando las gracias. ¡Ay, Señor, dame paciencia! Esto es demasiado para un solo corazón, pero gracias por volver en mi rescate nuevamente. Justo cuando me encontraba a la deriva en este mar de lágrimas y sentimientos sin sentido.

YAMELI

¡En serio! ¿Cuándo vienes?

JOSS

Ya reservé el Bungalow con Lea en su maravilloso recinto. Llego el próximo sábado. Tengo muchas ganas de besar tus dulces labios mi amor, nos veremos pronto. Te aviso en cuanto aterrice.

Ufff, ¡madre mía! Esto era de locos, directo y sin tiempo de recapacitar.

Cuidado con lo que pides porque el universo te lo dará cuando menos lo imagines y justo cuando lo necesites. De una forma diferente, con otra tonalidad, distintos matices, y en ocasiones nuevas personas, pero siempre llega. Ya ven, mi particular parque temático no cesaba de sorprenderme. La montaña rusa se había superado a sí misma con creces entrando ahora en otra dimensión mucho más atrevida y peligrosa.

De verdad no salía de una y ya estaba en la otra. Debía tener alguna cámara oculta, en algún sitio de mi mente, que conectaba directamente a ambos con mis pensamientos íntimos, o algo así. No veía otra explicación ni lógica posible. En cuanto tomaba decisiones importantes y contundentes con alguno de ellos aparecían sin más. En unos días llegaría Joss, y Dario se marchaba en menos de una semana. No era capaz de entender cómo estaba en mitad de los dos otra vez en circunstancias similares. Sinceramente esto no tenía sentido, ni pies o cabeza. Era una broma de muy mal gusto sin duda alguna.

Tenía que despejarme, me eché fuera de casa con ropa y calzado deportivo. Por suerte tengo muy cerca el paseo marítimo, así que caminé sin rumbo fijo. Respirando el aroma de la naturaleza junto a los iones embriagadores de mi retiro espiritual, el mar. Poco a poco se despejó mi mente, se desaceleró el pulso y comencé a recuperar la compostura. No podía sacar conclusiones precipitadas con respecto a Joss, así que esperaría a ver cuál era esa noticia tan importante. Si no puedes controlarlo, tienes que ser paciente y esperar el momento adecuado para cualquier decisión. En cuanto a Dario, ya estaba decidido, no podría haber marcha atrás.

Con las cartas sobre la mesa y las ideas un poco más claras, regresé por fin a los quehaceres de la casa. Además, tenía que hacer un par de llamadas, decidí que retomaría mi negocio de Network. Necesitaba tener ocupado mi tiempo en cosas productivas, Kangen era una de ellas. Conseguí organizar una importante reunión sobre este negocio con un viejo amigo de la infancia. Ahora vivía en Carolina del Norte, pero gracias a la tecnología por vía Zoom no tendríamos ningún inconveniente. El único problema era que coincidiría con la estancia de Joss aquí. Se me ocurrirá algo, supongo.

Comprendí que no tenía apenas tiempo de prepararme. Ya estábamos a jueves, él llegaba el sábado. Mirando el lado positivo, volvería a prestar más atención a la imagen y el cuidado de mi cuerpo. Ya saben, la ITV completa otra vez.

Un solo día para todo significa que no queda espacio para pensamientos autodestructivos o acongojantes. Eso era bueno, porque no tendría la posibilidad de autosabotear este nuevo encuentro con Joss. Estaba lista para mirar por esa ventana, y si fuera preciso para saltar a través de ella.

Entonces… se me ocurrió que podría darle una linda sorpresa yo a él. Sí, en efecto era una nueva oportunidad y tenía que aprovecharla a toda costa. Llamé a mi querida amiga Lea, ella estaba al tanto de la mayor parte de mi turbulento amor con el capitán, como le gustaba llamarlo. Y por supuesto conocía a Joss, y la alternativa que suponía para mí.

—Hola, amiga mía, Joss me comentó que llega el sábado y ha reservado uno de tus bungalows.

—Sí, ha solicitado expresamente la casa Buda que tanto le gustó la visita anterior. Y me ha pedido como favor especial que compre rosas rojas para el salón.

—Vaya, qué coincidencia, yo quería pedirte algo similar. No sé si será demasiado, pero me gustaría tener algún detalle romántico y bonito con él. Había pensado en pétalos de rosas desde la entrada hasta la cama o algo así. ¿Qué te parece?

—Dalo por hecho, querida, lo que sea necesario. Hay otra cosa que solicitó, pero eso no te lo puedo comentar, será una sorpresa. Sabes que estoy de viaje, pero avisaré al equipo para que se ocupe de todo. Nos vemos pronto, amiga, habrá mucho que contar, un beso grande.

—Cuídate mucho, cielo, y gracias por todo, ya nos pondremos al día.

Hecho, sorpresa en marcha.

Es increíble cómo, en su ininterrumpido de cursar, el tiempo te arrastra. Con la facilidad del viento elevando las hojas secas en otoño. Para cuando abrí los ojos, ya estábamos a sábado. Lo curioso es que no tuve ocasión de pensar en Dario con los preparativos de mi próximo encuentro con Joss. ¡Ay, la mente! Te eleva y te hace caer en picado a su antojo. No es menos cierto que si la logramos controlar todo es mucho más fácil y llevadero.

No quise excederme esperándolo en persona, con el detalle de los pétalos le dejaba claro que seguía interesada en lo nuestro. Tampoco era plan pasarse de la raya después de los zarandeos anteriores. Que casi nos separan por completo. Así que, como una buena chica, supe quedarme tranquila a la espera de recibir razones de su llegada. Le comenté a Saúl que Joss volvería a visitarnos, y le agradó mucho la idea. Porque, aunque no habíamos hablado de ninguna relación formal o compromiso, mi hijo estaba ansioso porque dejara de estar sola y encontrara una pareja adecuada. En muchas ocasiones me lo echaba en cara, es de locos. Los pájaros tirándole a la escopeta. Ya saben, hasta nuestros propios hijos terminan aconsejándonos. Cada día se aprende algo nuevo, y en ocasiones de quien menos lo esperamos.

El teléfono sonó, era Dario. Torné los ojos en blanco mientras pensaba «Señor, dame paciencia», y cogí la llamada:

—Hola, cielo —dije a secas.

—Cariño, ¿va todo bien? —a él no le pasó desapercibido.

—Sí, nene, y tú, ¿cómo vas con el viaje? —respondí sin muchas ganas.

—Bien, ya casi todo está listo. Por eso te llamaba, hemos adelantado la fecha unos días. Samuel y yo salimos el lunes a primera hora. Me quedaré mañana en su casa y quiero verte un ratito antes. Dime que sí.

Me quedé en silencio procesando la respuesta. Deseaba volver a verle y a la vez sabía que no sería bueno para mi plan de dejarlo ir. Pero de los cobardes no se ha escrito nada, así que le dije dejando a mi corazón hablar:

—Claro que sí, mi vida. Te llenaré de besos hasta que no puedas más.

Él, sonriendo a carcajadas, replicó:

—Ya te gustaría, pesada, te veré mañana sobre las seis de la tarde. Pórtate bien mientras tanto. —Y colgó.

Allí estaba otra vez, como ya parece ser habitual, entre dos amores y nadando contra la corriente. Además, para que no me quejara más, justo atrás llamó Joss:

—Ya estoy aquí, cariño, llegaré de un momento a otro al recinto. Y no quiero esperar a mañana para verte. ¿Cenas conmigo esta noche?

Todo junto sin darme ni un respiro, como si en realidad ambos supieran cuándo intervenir con las palabras apropiadas y en el momento preciso. Pero no pude más que contestar:

—¡Wuao, qué bien ,cielo! Claro, me encantaría cenar contigo y verte cuanto antes. No puedo esperar para conocer esa sorpresa que tienes para mí.

—Estupendo, ¿te parece bien que te recoja donde siempre a las ocho en punto?

—Es perfecto, nos vemos allí. Un beso. —Y colgué.

Ufff, la historia de mi vida, lejos de aclararse solo se empeñaba en complicarse más y más. Era cómo una madriguera de arañas que te iban enredando en sus fabulosas telas de seda sin cesar. Para luego devorarte a su antojo sin dejar rastro ni dar explicaciones.

«Nada, señorita, levántate y anda, a fin de cuentas esto es lo que estabas esperando. Así que ahora apechuga y sigue adelante», me dije a mí misma para ponerme en situación de una vez por todas.

Hoy era un día muy importante, por fin sabría lo que Joss tenía que decir. Y de eso dependía en gran medida cómo enfrentaría mi vida sin Dario. La verdad es que no sé por qué estaba tan nerviosa. Ya había tomado la decisión sobre mi amor prohibido, era inevitable dejarlo marchar. Y aun así seguía costándome horrores llevarla por fin a cabo. Enfrentarlo y decirle que se acabó. Dejarle bien claro mi postura. No conseguía entenderlo, algo en mi interior se resistía con ahínco y su perdida. Pero mi voluntad se impondría al sentimiento romántico. Dándole de bruces en la cara con la razón de una vez por todas. Sacudí con fuerza la cabeza en busca de despojar esos fatídicos pensamientos.

Me centré en lo importante, estaría lista para mi nueva oportunidad con él. Dicen que a la tercera va la vencida, esta era justo la nuestra. Plantada delante de mi armario, seguía en blanco. No tenía la menor idea de qué ponerme. Estaba totalmente bloqueada, así que opté por lo más básico. Vaqueros de toda la vida, blusa rosa palo, sandalias altas y bolso a juego. Algo sencillo y presentable por lo que pudiera ocurrir. Nunca se sabe a dónde me llevará ese chico, que parece conocer la isla mucho mejor que yo. Respiré profundo al salir, él me esperaba por debajo de casa y no quería hacerle esperar. Siendo honesta, deseaba volverlo a ver. Sentía una curiosidad muy intensa, que se confundía con esas mariposas revoloteando en el estómago sin cesar.

Salí sin darle más vueltas, debía enfrentarme a la realidad cuanto antes. Y allí estaba él, tan relajado y elegante como siempre. Curiosamente lucía vaqueros y un look informal también. No era la primera vez que coincidíamos en algo así. Al verme su mirada se iluminó. No puedo ocultar que la mía reaccionó de igual manera. Me estremecí de pies a cabeza cuando sus labios se posaron en los míos en un beso que omitía cualquier palabra.

—Deseaba tanto besarte, Yameli —me dijo en un suave susurro.

—Ufff, no sabía lo mucho que deseaba yo tus besos —dije con honestidad, y para intentar romper el hielo le solté a carcajadas—: Tengo muchas ganas de conocer esa sorpresa que tienes por ahí.

Él me miró dubitativo, como si se hubiera percatado de mi nerviosismo. Yo estaba como un flan sin tener idea del porqué. En ese instante reconocí que él me gustaba mucho más de lo que recordaba. Y su presencia me imponía demasiado para que pasara desapercibido. Era una extraña combinación agridulce muy placentera. Por un lado sentía algo de temor, ya que era consciente de que no tendríamos otra oportunidad. Por el otro era tan reconfortante estar a su lado que desaparecía la nostalgia por Dario y sentía como aquel vacío que me había creado se iba con él.

Joss me proporcionaba tranquilidad, confianza y sosiego. Era un refugio cálido y sereno en medio de mi tormenta particular. «¡Ojalá se quedara para siempre!», pensé mientras él me agarró con fuerza atrayéndome nuevamente hacia sus besos, que desordenaron mi mente, haciendo volar todo pensamiento, lógica o disertación anterior.

—Vamos, Yameli, no quiero que se nos haga tarde. He reservado mesa en el restaurante donde me llevaste la primera vez. El Mozzarella Plaza, que tanto nos gustó.

Vaya con Joss, no perdía para nada el tiempo ese chico.

—¿En serio? No creí ni que lo recordaras, cielo —dije con asombro.

—Lo recuerdo todo de ti, mi vida. No sales de mi cabeza ni un solo minuto, es por eso que estoy aquí. Te necesito y te quiero en mi vida. No bromeaba cuando te lo dije antes, y no lo hago ahora.

Esas palabras, que me transportaban con facilidad al paraíso de una vida idílica, sin corazones rotos o amores perdidos. Acariciaban el alma, dándole esperanzas a mi roto corazón. Hicieron aparecer lágrimas de emoción en mis ojos sin previo aviso. Tan solo por escucharlas valía la pena estar a su lado. No tuve una respuesta en ese momento, solo lo seguí al coche y sonreí con ilusión mientras nos alejábamos camino al centro.

Nos reservaron una mesa apartada que daba a la esquina con cierta privacidad, donde ya estaba el botellero con un Moët & Chandon Rosé aguardándonos. El camarero no escatimó en reverencias y enseguida nos sirvió las copas al acomodarnos. Entonces, mirándome fijamente, me dijo:

—He puesto punto y final a mi relación con Anna, mi ex. Con mucha delicadeza para evitar herirla le he hablado de lo que siento por ti. Al final reconoció que solo nos unía la costumbre y un apego irracional. Ya no queda amor entre los dos, y debemos continuar nuestros caminos —él hablaba y yo solo escuchaba atentamente, no me atrevía a interrumpirlo—. Quería contártelo frente a frente.

Se quedó mirando mi reacción intentando descifrar mis pensamientos, yo seguía muda. Estaba en shock y no sabía qué decir ante esa noticia. Él prosiguió:

—Estoy enamorado de ti, Yameli, quiero que estemos juntos. Necesito saber que sientes lo mismo, o que al menos te lo has planteado. Soy consciente de tu amor imposible con Dario, y también sé que puedo echarlo de tus pensamientos y en un futuro de tu corazón. Pero eso solo será posible si tú lo deseas. ¿Volverías a darme una oportunidad? Esta vez en serio.

¡Madre mía! Esto no era una piedra en mi tejado, era todo un meteoro. Hundía el techo y me dejaba sin respiración. ¿Estaba soñando, Joss acababa de declarárseme o algo parecido? Ya no era un juego entre dos amores prohibidos. Esto sonaba muy serio y aterrador. Respiré profundamente y, cuando hube recuperado el aliento, contesté:

—Cariño, me dejas sin palabras, deseo que nos demos una nueva oportunidad, pero ¿no estarás precipitándote demasiado?

Él intervino:

—No quiero perder más el tiempo soñando contigo, quiero amanecer a tu lado y que soñemos juntos. Cenemos ahora, mi vida, no te pediré que decidas sin pensártelo.

Y dando por terminado el bombazo rellenó las copas como si nada. Así, la velada continúo como un maravilloso cuento de hadas en una de esas pelis de Disney que tanto me gustaban de pequeña.

Décimo capítulo

La velada fue maravillosa, la tensión que me provocó brutal. Era sin duda el último asalto de una situación atípica y excitante a la vez. Estar entre dos amores prohibidos no era lo más sensato, había llegado a su fin. Así que solo faltaba el paso final, decírselo a Dario, ya no cabía esperar a su regreso. Este era el momento de mirarle a la cara y hablar con franqueza de una vez por todas. Tomé una decisión, ahora debía dar un paso al frente y apechugar con ella. Respiré profundamente y lo llamé:

—Dario, tenemos que hablar y no puedo esperar a esta noche. ¿Podríamos vernos antes?

Cogió el teléfono a la primera y no lo dejé reaccionar abordándolo directamente, entonces respondió:

—¿Qué es tan urgente, cariño?

—No puedo decírtelo por esta vía, tiene que ser en persona. ¿Cuándo vendrás? —contesté.

—Estoy con los últimos preparativos del viaje. En cuanto termine voy, pero lo más seguro es que no llegue antes de las seis, lo siento. Me preocupas, Yameli, tranquilízate, no hay nada que no podamos solucionar. ¿Vale?

Muy a mi pesar respondí:

—Vale, nos vemos entonces. —Y colgué.

No lloré en esta ocasión, me había quedado sin lágrimas durante una larga noche de angustia, dolor y desesperación. Solo me reforcé en que hacía lo correcto para variar. Había sido sincera con Joss, le dije que no podía tomar una decisión tan importante a la ligera. Además lo dejaría con Dario en persona, hoy me reuniría con él. También le comenté su inminente viaje a Cuba. Le pedí un poco más de su paciencia, esta noche volveríamos a vernos, hablaríamos de nosotros y los futuros planes sin sombras, mentiras ni engaños turbios.

Como siempre, él me dio el espacio necesario para recolocar mi situación. Era todo un caballero y sabía muy bien lo que se hacía, lo que quería y el cómo y cuándo. Pero era insistente y perseverante, estaba aquí por un motivo y no iba a dejarlo pasar. Mi móvil sonó insistente, era Joss:

—Buenos días, nena, anoche no te dije lo mucho que me habían gustado esos pétalos de rosas que encargaste para mí. Aún siguen aquí para que juntos podamos cruzar por encima de ellos justo hasta la cama, donde te amaré con devoción.

Wuao, tenía la capacidad de dejarme sin palabras, que ya era mucho decir. Sonreí mientras le contestaba:

—Vaya, me sorprendes, creí que no te habías percatado del detalle. Quise darte una pequeña sorpresa de bienvenida, es todo —callé aposta en espera de su respuesta.

—Gracias, me has hecho muy feliz, espero poder compensártelo muy pronto. ¿Se mantiene nuestra cita de hoy? —dijo con terceras, supongo.

—Claro, cariño, tenemos mucho de qué hablar. Ahora debo dejarte para poder arreglar todo con Saúl y ya sabes, con Dario —lo dije sin pensar, mordiendo mis labios al percatarme de mi total trasparencia y posiblemente una gran metedura de pata.

No pasó inadvertido para él, que replicó:

—Sí, lo sé. Debes hablar con él. —Sentí su respiración contenida mientras decía—: Confío en tu buen juicio, Yameli. Aunque no me guste, soy consciente de las circunstancias y también sé que no es nada fácil para ti. Te quiero, no lo olvides. Estaré aquí esperándote, adiós.

Era muy difícil para Joss, no pudo continuar con esta conversación. Pero en cierto modo agradecí sus palabras. Me daban las fuerzas necesarias para llevar a cabo esa despedida con el dueño y verdugo de mi corazón. Se compaginaron las energías del universo, como una vez nos unieron para darme razones suficientes y dejarlo marchar. De repente... ya no era tan descabellada esa idea, sino lúcida, coherente y racional. Era liberador no sentir más ese desprecio que taladraba mi interior. Te perdono, no te olvidaré, pero te dejo ir...

171

Fue entonces cuando decidí escribir una carta:

Para Dario:

Anoche tuve un sueño, soñé que estabas tú. Supe que no me amabas y tampoco te intereso. Fue corto y triste ese sueño, lo sentía muy real.

Ahora he despertado y sigo pensando igual. Por eso, aunque duele mucho, voy a dejarte marchar. Intentaré olvidarte y te dejaré en paz. Retomaré mi vida, dejándote navegar.

Encontraré las fuerzas para dejarte de amar. No crearé nuevas historias, ni en nosotros pensaré, no soñaré contigo. No buscaré tus ojos, ni tampoco tu mirada. No añoraré tus besos, tus caricias o tu olor.

Te dejo ir de mi mente y de mis adentros. Ya no habrá más retrocesos, ni cosas tiernas que pensar. Dejaré de hablar de ti y contigo, y te dejaré marchar.

Encerraré bajo llave, en un viejo baúl, que esconderé por siempre, todos los dulces recuerdos de la historia que vivimos. Limpiaré mi alma, me despojaré de ti. Purificaré mi cuerpo, mi mente y mis pensamientos.

Hoy, aquí y ahora, te dejo ir, dejo pasar este triste desasosiego que tu amor me hace pasar. Te libero de mí y de todos mis pensamientos, te libero de mi amor, mi cariño y de mis sueños. Libero mi corazón sin rencor y sin miedo. Te alejo de mis anhelos y hasta de mis fantasías.

Agradezco al infinito haberte tenido en mi vida. Devolviste la esperanza y el amor a mis días. Guardaré un dulce recuerdo de esta historia fallida. Te he querido desde siempre, y hoy te dejo, vida mía.

Se separan los caminos, y volvemos a empezar, me libero y te libero, aun sin dejarte de amar.

Las horas no parecían tener final, el tiempo se detuvo mientras esperaba impaciente su llamada. Estaba convencida de que esta sería nuestra última conversación. Me partía el corazón, y a la vez me daba una sensación de calma y paz interior que no soy capaz de explicar o describir. Era como un masoquismo espiritual. Ni contigo ni sin ti, te amo, pero no le haces bien a mi vida. Y te dejo ir… para poder continuar.

De repente entró esa llamada.

—Ya estoy por aquí fuera, cariño, ¿estás lista? —me dijo relajado.

—Sí, mi vida, salgo en un minuto —dije sin más.

Había cambiado todas mis cosas espirituales y religiosas. Mi bóveda, mis espiritualidades con sus asistencias y oraciones pertinentes. Le puse su atención a Eggun. A primera hora de la mañana tuve una conversación con Orula, le pasé la mano a Olokún pidiendo fuerzas para llevar a cabo mi decisión. Con mi casa como un verdadero santuario, iluminada con la luz de las velas y el aroma de las flores frescas. Logré sentirme más arropada y respirando profundamente, con el debido permiso de eso que me administra, salí a su encuentro.

Mi corazón quería salir de mi pecho desbocado cuando lo vi. Llevaba puesta esa camiseta azul intenso con la que lo conocí. Era como un recordatorio de toda nuestra historia, y el punto final. Sus ojos resaltaban como faros alertas diciéndome por donde debía andar. Todo su cuerpo emanaba seguridad, desparpajo y me atraía hacia él con un magnetismo casi imposible de sortear. Flotaba ante su presencia mientras mi alma se desprendía de mi cuerpo para poder dejarlo marchar.

Entonces se aferró a mí en un abrazo celestial. Y, posando su boca en la mía, me besó hasta que necesitamos recuperar el aliento susurrándome al oído:

—Te he echado tanto de menos. ¿Qué sucede, por qué tengo la impresión de que algo va mal?

Incorporándome a duras penas contesté:

—Tienes razón, cariño, necesitamos hablar. Pero vayamos a un lugar tranquilo, por favor.

Él asintió y acto seguido nos montamos en el coche, no dijo nada más. El silencio nos envolvió creando un ambiente aún más difícil de llevar. No sé si por instinto, o por desesperación. Llevé mi mano a su regazo y él la aceptó con un gesto de dulzura que me desgarró. La carretera nos conducía sin titubeos a aquel que parecía ser nuestro retiro particular. El acantilado donde ya nos amamos en alguna ocasión, y que además también había compartido con Joss. Esas cosas del destino que te paralizan, recordándote lo pequeños que somos. Lo expuestos que vivimos ante nuestras posibilidades. Que, como una rueda, podemos estar arriba y un segundo más tarde abajo. Tan solo seguimos siendo marionetas en un teatro, utilizadas a su antojo. Él aparcó y se giró hacia mí mientras decía:

—¿Qué pasa, Yameli? Te noto muy tensa y distante.

—Lo estoy, cariño, lo siento. No quería soltarte esto ahora que debes marcharte, pero no puedo dejarlo para después. —Él me miraba expectante sin decir palabra alguna y proseguí—: Te quiero, Dario, siempre te querré, pero ya es hora de dejarlo.

—¿Qué dices, cariño, pero por qué? —Eso no se lo esperaba, me miró incrédulo—. Sé que no hemos hablado de lo nuestro, pero lo haremos a mi regreso, te lo prometo. No saques las cosas de quicio, por favor, nena.

Con lágrimas en mis ojos, el corazón en un puño y mi alma en pena continué:

—Eres mi gran perdición, el amor de mi vida, pero no puedo seguir así. Tengo una nueva oportunidad de encontrar la felicidad y voy a aprovecharla. Tú no me das seguridad, ni valor o posición. Nos gustamos, nos atraemos y tenemos un sexo maravilloso. Pero no le conviene a mi estabilidad emocional. He sido una ilusa al pensar que podría lidiar con tus locuras, sin agobiarme con los desplantes, las infidelidades y la total negación que haces de mi persona ante el mundo. Pero no puedo y lo siento de verás —ya no pude seguir hablando, mi voz se quebró y ya no pude contener el mar de llanto que asolaba desde mi interior.

Su rostro se tensó y me abrazó con ternura secando mis lágrimas con sus potentes manos, mientras besaba cada centímetro de mi tez hasta llegar a mis labios y fundirnos en un beso que se llevó consigo toda la poca voluntad que me quedaba.

Apartó su cara de la mía y, sosteniéndola aún entre sus manos, mirándome fijamente a los ojos, me dijo:

—No podemos dejarlo así sin más, estamos unidos por muchas razones y lo sabes. Soy responsable de que te sientes insegura a mi lado, soy consciente de ello. Es muy difícil para mí expresar lo que siento y admitir mis errores. Solo te pido que esperes a mi regreso para poder aclarar esta situación. No puedo irme sabiendo que ya no estarás aquí para mí. Entiéndelo, Yameli.

—Cariño, tengo que ser sincera. Joss está aquí y quiere que formalicemos nuestra relación. He decidido darle una oportunidad y no puedo empezar con una mentira. Sabe que estoy aquí contigo teniendo esta conversación ahora mismo. No te estoy presionando, solo te estoy dejando marchar para seguir mi camino y que tú continúes con el tuyo. Ambos sabíamos que este momento llegaría algún día.

Pero ya saben que Dario no acepta un no por respuesta, y esta no sería una excepción.

—Lo entiendo, pero no te comprendo. Estamos en un momento delicado para ambos. No quiero dejarte y sé que tú tampoco a mí. Así que te propongo una tregua. Sabes que mañana no estaré aquí, valora bien lo que quieres hacer y si cuando regrese sigues pensando igual lo aceptaré. Pero hoy no lo hago.

Y dicho esto, me atrajo hacia él con fuerza remarcando su intención de no dejarme ir. Hicimos el amor con devoción y frenesí. En esta ocasión ambos reconocíamos que podría ser la última vez que nuestros cuerpos se entrelazaran entre sí. Desnudamos nuestros cuerpos y también nuestras almas en un acto sublime de amor, pasión y ternura, como nunca antes en nuestra tortuosa montaña rusa sentimental. Perdí la razón y la cordura se desplazó ante la locura de tenerlo en mis brazos nuevamente. Amaba a ese hombre contra toda lógica y todo pronóstico, le pertenecía en cuerpo y alma. Y aunque hasta ese preciso instante él no lo reconociera, también estaba loco por mí.

«Qué cosas tan grande tiene esta vida que para reconocer un gran amor tengas primero que perderlo», pensé mientras seguía amándolo.

Cuando reaccioné ya eran casi las ocho de la noche, había quedado con Joss a las nueve y media. Pero... ¿cómo podría mirarle a la cara después de haber estado de esta forma tan íntima y peculiar con Dario? Estos pensamientos asomaron mientras aún permanecíamos abrazados mirando el firmamento. Que una vez más había sido testigo de una cabalgata de los dioses, en un acto de amor sublime e incomprensible para ambos. Exhalé para liberarme de toda la tensión retenida e incorporándome le dije:

—Tenemos que regresar, Dario.

Él me miró sorprendido, cómo si también hubiera acabado de poner sus pies sobre la tierra y asintió sin mediar palabra. Nos vestimos en silencio, sin prisa y con nostalgia. Ninguno lo dijo, pero ambos lo sentimos. Estaba en el aire, podíamos palparlo y casi tocarlo. Era una energía diferente, densa, embriagadora y a la vez chocante. Nos envolvió, haciéndonos estremecer, electrificando el ambiente y paralizando el corazón. Era la despedida, lo supimos sin admitirlo ni negarlo. La montaña rusa cedió a sus propias entreveradas marañas de altos y bajos. Se desmoronó bajo nuestros pies dejando tan solo un entresijo de hierros y escombros a su paso. Llevándose con ella esta maravillosa, tortuosa y única historia de amor, desamor, sonrisas y lágrimas. Dejándonos al descubierto, con una realidad muy diferente de aquel sueño que una ocasión protagonizamos. Esta era la cruda realidad, lo habíamos estropeado. No puedo culparlo solo a él, también soy responsable por no querer renunciar cuando algo se rompió.

Llegamos a mi edificio y, antes de bajarme del coche, me arrastró hacia él, me besó, me abrazó y me dijo:

—Volveré y hablaremos, ¿vale? Te lo prometo.

—Te deseo un buen viaje y que todo se solucione, cariño —dije sin responderle realmente.

Un déjà vú sacudió mi cuerpo y salí a escudarme en la comodidad de mi hogar. Saúl estaba con Marvin, lo había ordenado todo para poder tener la noche libre y pasarla con Joss. Entonces la culpa y la vergüenza se apoderaron de mi alma. Instintivamente le llamé para cancelar nuestra añorada cita. No podía verlo después de lo ocurrido, no era justo, lícito, y ni tan siquiera normal. Al primer timbre lo cogió:

—Cariño, no puedo verte hoy, lo siento. Hablaremos mañana, ¿sí? —No le di chance de réplica, colgué en el acto.

Me metí corriendo a la ducha, cabeza y todo. Dejar el agua caer sobre mi cuerpo como purificación. Las lágrimas limpiando desde lo más profundo de mi corazón. Era mi única salida en ese momento de desesperación. Sentada en posición fetal, como un ovillo a punto de estallar. No sé si por vergüenza, dolor, o ambas. Fue duro dejarle ir, pero plantar de esta manera a Joss era desolador. Solo ha tenido cosas buenas para mí y yo le pago así. Mordía la mano que me daba de comer sin contemplación. Justo como lo hizo Dario conmigo un tiempo atrás. Eso no era lo correcto, estaba convencida.

De pronto, el incesante timbre del teléfono me devolvió al aquí y el ahora. Tenía que darle la cara, al menos por respeto a las millas que hizo para venir a verme. Por sus atenciones, su dedicación y ternura, pero sobre todo porque no quería perderlo. Él era importante para mí, y deseaba que continuara en mi vida. Lo sé, suena egoísta, ilógico e irracional, pero era la pura realidad. Así que me levanté, alcé mi barbilla mirando al frente y contesté la llamada. Debía ser honesta con aquel hombre que me había regalado una nueva oportunidad de ser feliz.

—Joss, lo lamento, deberíamos hablar —dije por fin.

—Estoy por fuera de tu casa, Yameli, no pensarías que iba a dejarlo correr, ¿verdad?

—Dame cinco minutos.

No pude evitar sentir alivio, mi rostro se iluminó con una sonrisa que me hizo comprender la suerte de haberle conocido. Esta era, sin duda, la posibilidad de un nuevo comienzo sin la constante sombra de Dario. Y los sobresaltos de aquella montaña funesta, que me llevó a la perdición.

Con el pelo mojado, al natural cien por cien, sin maquillaje ni artilugios, con un vestido sencillo y en sandalias salí a su encuentro. Y allí, recostado en su coche, sin muestra alguna de irritación, estaba él. Tan tranquilo, elegante y seductor como siempre. Ese modelo de revista que tienes en el poster de la taquilla cuando vas al instituto, mi tabla en el mar, mi salvador.

Me recibió con los brazos abiertos, apretándome con fuerza sobre su pecho por un largo rato, que pareció una eternidad. Comprendí que era una sutil manera de aceptación y perdón por lo que fuera que hubiera sucedido. Una gran lección de humildad y amor incondicional que nunca hubiera esperado recibir. Estaba tan acostumbrada a dar que me sobrecogía esta actitud hacia mí. Entonces me apartó con delicadeza, y al encontrar mi mirada preguntó:

—¿Ya estás mejor, mi vida? Sé que ha sido muy difícil lo que acabas de vivir. Soy consciente de tus sentimientos hacia él, pero que estés aquí significa mucho para mí.

—Joss… —quise intervenir.

—Shhh… —colocando su dedo en mi boca para silenciarme—. Ya está, nena, vayamos a por tus cosas. Tenemos una velada que compartir.

Lo miré un tanto incrédula mientras mordía el labio inferior imaginando sus manos sobre mi cuerpo desnudo en aquel jacuzzi bajo la luz de la luna. Él sonrió con picardía mordiendo el suyo también, tomándome de la mano mientras nos dirigíamos a casa.

De repente… todo cobró sentido, estaba en la dirección correcta. Sentía paz en mi interior, gozo, dicha y tranquilidad. Mi corazón recuperó su latido constante, sin sobresaltos y extra de adrenalina. El pulso se estabilizó y mi libido renació. Había regresado a mi cuerpo, era consciente de mis actos y mis decisiones. Ya no estaba atada al magnetismo que me arrastraba hacia Dario. Las cadenas de mi adicción y de ese insólito apego habían desaparecido. ¡Era libre! Por primera vez, en mucho tiempo, no sentía ese peso en el pecho que me asfixiaba sin tenerlo. Alcé la vista al cielo y agradecí por aquella magnífica sensación de bienestar. Por un nuevo comienzo, una nueva oportunidad.

Recogimos el bolso que tenía previamente preparado y nos marchamos al recinto de mi querida amiga Lea en la villa de la Orotava. Para cuando subí a su coche, mi cara resplandecía de felicidad. Me invadía una extraña ligereza, haciéndome flotar entre nubes de algodón de azúcar, que subían mi dopamina. Provocando esa sensación de plenitud y confianza que solo Joss era capaz de irradiarme. Le sonreí exhalando gratitud, dicha y esperanza.

Desapareció el miedo, la incertidumbre, la tristeza. Se fue la incomodidad, la vergüenza, la culpa. Y en su lugar mi corazón abrió una ventana para dejarle pasar. Insuflando de vida mi alma con cada suspiro, recuperando el aliento, volviéndome a despertar. Fue como un renacer en toda regla, un despertar espiritual. Una vez más los astros se alinearon para dejarle llegar. Iluminaron mi vida y me dejaron avanzar. Por fin puedo volver a empezar.

—Yameli —me dijo Joss sacándome de mis cavilaciones—, hemos llegado, cariño.

—Vaya, no me había percatado, se me hizo corto el camino —dije para disimular.

Él sonrió haciendo que me creía y al llegar a la puerta del bungalow se giró hacia mí a modo ceremonial entregándome las llaves.

—Aquí tiene su casa, mi señora —dijo con presunción.

—Qué cosas dices, cielo —respondí entre risas.

Y, a pesar de su sonrisa, respondió en tono serio:

—No es broma, cariño, he llegado a un acuerdo con Lea para comprar esta casa. Aquí he pasado una de las mejores noches de mi vida a tu lado. Y quiero compartirla contigo.

El color escapó de mis mejillas, ¿me estaba pidiendo que viviera con él? No, eso no era posible, tenía sus negocios en Bélgica. Yo tenía mi casa y a Saúl. Esto no tenía ni pies ni cabeza. Así que le seguí la corriente, ya saben, tratamiento de locos, y abrí la puerta.

Mi amiga se había lucido cubriendo mis expectativas con creces. Todo el suelo estaba cubierto con pétalos de rosas hasta la habitación principal. Era como un sueño de hadas hecho realidad. El aroma embriagaba los sentidos hasta la perdición. Inspiré profundamente para llenarme de ese olor, emborrachando la razón y dejando volar la imaginación.

Me giré hacia él y, sin bochorno alguno, lo abracé con ternura besándolo con pasión. No llegamos al dormitorio, allí en un peculiar colchón de rosas me hizo suya y nos amamos sin control. Nunca hubiera creído posible sentir tanto placer entre sus brazos, acabándome de desprender de los brazos de Dario.

Pero fue mágico, diferente, maravilloso y sincero. Sentí el amor, las ganas y el hambre de Joss por mí, y eso abrió mi apetito deseando más y más. Regresó la lujuria, el deseo y las ganas de un sexo desmesurado. Junto a ese caballero de armadura invisible, que vino a salvarme de las garras del dragón de fuego, de mi dios del trueno, de mi gran perdición.

Hicimos el amor como si no existiera un mañana. Solo cuando me llenó de besos al completo, y yo a él, después de un éxtasis profundo, visceral y caótico al mismo tiempo, nos tomamos un respiro y me dijo:

—He comprado esta casa para que sea nuestro nido de amor, quiero que estemos juntos.

Le interrumpí:

—Pero… tengo mi casa y a Saúl, nuestra vida está en el puerto, no podemos ir tan deprisa.

—Lo sé, cariño, podremos pasar algunas noches aquí, pero no quiero compartirla con nadie más. Haremos que funcione, ya verás, puedo ingeniármelas con el negocio y venir a menudo. Cuando el niño termine el instituto pensaremos en otra alternativa, ¿quieres? Solo quiero estar contigo de todas las formas posibles, haré lo que sea necesario. ¿Me darás esa satisfacción?

Le miré durante unos segundos antes de contestar:

—Sí, comencemos de cero, mañana ya se verá.

Los dos nos echamos a reír como colegiales ante la romántica idea de formalizar una relación que no estaba destinada a existir. Pero por esas cosas de la vida surgió de las cenizas de dos corazones rotos, machacados y desvalidos. Dos espíritus guerreros, valientes y decididos a salir adelante. Que, contra todo pronóstico, han sobrevivido a una terrible tormenta en alta mar, encontrando su respectiva tabla de salvamento para ambos. Nos salvamos mutuamente, nos amamos, nos perdimos y volvimos a encontrarnos. Porque siempre fuimos sinceros, claros, transparentes y precisos. Y eso marca la diferencia.

FIN

«Si puedes elegir, elige a personas que te den alas.
No a personas que te den anclas».

Al lector

Ante todo, quiero agradecerles a todos por dejarme formar parte de vuestras vidas. Por el apoyo incondicional en este maravilloso camino de las letras, que he decidido transitar y en el que permaneceré gracias a vosotros.

En esta trilogía he compartido un pedacito de mí, que permanecerá por siempre en un lugar especial de mi corazón. Cada línea, cada palabra, las he escrito con el alma desnuda entre mis dedos. He llorado, he reído, me he sobresaltado con cada trama, cada giro y cada personaje. El sentimiento plasmado es auténtico y sincero. Sería un honor poder llegar a vuestros corazones y robarles un suspiro, como he suspirado yo al escribirlo.

En cada uno de los libros de esta historia he tenido la intención de aportaros pasión, resiliencia, sueños y esperanza. El amor está presente, como el sentimiento que mueve el mundo con sus diferentes matices, pigmentos y colores. Así como también la religión y cultura Afrocubana, como un baluarte contundente. He intentado aportar un rayo de luz sobre la sombra que la ha cubierto hasta este momento ante la humanidad. La vida con su cruda realidad se muestra implacable para enseñarnos a perseverar. Porque siempre que caemos podemos levantarnos con más fuerza y ahínco. Recordándonos que no existe el fracaso, sino el aprendizaje constante. Que perdonar es lo más sano para vivir, haz bien y no mires a quién.

Decidí empoderar tanto a la mujer como al hombre para que se den el permiso de equivocarse. Soltando amarras del estrecho puerto, aventurándose en el ancho mar con amplios y nuevos horizontes. A romper con tabúes y creencias limitantes arraigadas en la sociedad. Resaltando el papel de la mujer contemporánea. Para que dé rienda suelta a su sensualidad, sexualidad y libre albedrío sin remordimientos, límites ni dogmas de una época anterior. Esperando humildemente llegar a todos los rincones y exhortarles a salir en busca de la libertad mental.

Vivir es elegir, y elegir es renunciar. Porque no podemos tenerlo todo, tenemos que ser capaces de tomar las decisiones, sino estas nos toman a nosotros. Si es justa, y honesta, será la acertada. Tenemos que concedernos el permiso de soltar y dejar ir…, por difícil que sea, para poder avanzar.

El agua estancada no mueve molinos. La energía que no fluye no genera nada. El corazón que no late deja de existir. Así que dejemos fluir nuestros sueños que alimentan los pensamientos proyectando nuestros actos. Haciendo que la vida valga la pena con cada latido de nuestro corazón hasta que este deje de latir. Y aun después, en el mundo etéreo del alma, donde habitan los espíritus y nuestros seres guías. Donde lo material no importa, pero queda la energía. Allí donde todo es posible, ya que la luz siempre eliminará a la oscuridad.

Quedan muchas historias por contar, pasiones que sentir y caminos por compartir. Por eso no me despido, solo pasamos página y cambiamos de rumbo. Y como buenos lectores nos vemos en otro libro.

Hasta muy pronto…
Siempre vuestra,
D. Casidy

Glosario

Babalosha. Sacerdote de los Orishas o santero, padre de santo.

Bóveda espiritual. Espacio sagrado dedicado a los espíritus que nos acompañan conformado por vasos o copas de agua, una cruz y vela, que siempre nos deja presente el conocido dicho de «el muerto hace al santo» (Ikú lobi Osha).

Dilogún. Oráculo adivinatorio de la Osha por medio de caracoles.

Eleggua. Orisha del panteón yoruba, médico divino, guerrero, mensajero de los dioses y Olofi. Dueño de los caminos y de las llaves de la prosperidad, el amor y la felicidad.

Eshu. Trabaja directamente con Orula, es el que lleva el ebbó y da cuenta de las ofrendas que se hacen, no habla por el Dilogún. Representa el constante vínculo entre lo positivo y lo negativo, es la contraparte de Eleggua. Es la primera partícula de vida creada por Olorun.

Eggun/Egguns. Muertos o espíritus de los antepasados difuntos, alma de los muertos. Representan una conexión entre la vida y la muerte.

Ewes. Hierbas de Osha y orishas imprescindibles para crear el Omiero de toda consagración con la presencia de Ossaín del Monte.

Ebbó Meta. Ceremonia obligada, sagrada e imprescindible para el Iyawo, «limpieza de tres», la tercera limpieza que el iniciado realiza con sacrificio y respeto a los Orishas, que marca un nuevo comienzo.

Efún o cascarilla. Polvo blanco a base de cáscara de huevo, cal, tiza y otros ingredientes que se utiliza para alejar a Ikú, protección espiritual. Evita las malas energías y vibraciones negativas de nuestro alrededor.

Guerreros. Conjunto de cuatros Orishas del panteón yoruba que se encargan de nuestra protección y se conocen en ocasiones como nuestros pies o sostén: Eleggua/Eshu, Oggún, Ochosi y Osun.

Ifá. Totalidad y ubicuidad es la palabra, la luz y la verdad que desciende del cielo a la tierra. El sistema adivinatorio regido por el Orisha Orula.

Itá. Ceremonia que se celebra a los tres días de la coronación para consultar el oráculo del Dilogún, o en su caso el oráculo de Ifá. No es más que la conversación que mantienen con usted sus Orishas u Orula, según el caso. Donde queda plasmada dicha leyenda, narración o proverbio según las combinaciones obtenidas. Y le aportan consejos, ebboces y consagraciones posteriores según cada caso.

Iko Ka Fun (Cofá). Iniciación de Ifá para las mujeres y máximo nivel al que pueden llegar en esa tierra.

Igbogdún de Osha. Trono sagrado para las consagraciones de Kari Osha, donde nace el Iyawo.

Iroso. Oddun del Dilogún (4). Representa la vista, nos habla presente, pasado y futuro. Signo de aprendizaje con muchas oportunidades en positivo. Atrae envidias y problemas en negativo. Interviene el cerebro y habla Olokún por su profundidad. Signo complicado.

Iyaloshas. Sacerdotisa de los Orishas o santera, madre de santo.

Iyawo. Recién nacido en la regla de Osha, o religión afrocubana.

Ikú lobi osha. Expresión Yoruba, «el muerto hace al santo».

Intori elegdá. Por tu propia cabeza.

Kari Osha. Ceremonia de consagración de un neófito o iniciación en la regla de Osha. O lo que es lo mismo, hacerse santo.

Moforibale. Rendir tributo, honor, pleitesía a un Orisha.

Misa espiritual. Es una reunión que sirve de medio de comunicación con espíritus de tu cuadro espiritual, donde podemos conocer a los espíritus que nos asisten y protegen, así como nuestro guía protector.

Ochosi. Representa la justicia ciega y divina, guerrero, cazador y justiciero.

Oddun. Signo del Dilogún, existen dieciséis Oddun diferentes para su interpretación.

Oggún. Dios de la guerra, dueño de la tecnología, los metales y proveedor del trabajo.

Olokún. Señor de los océanos y dueño de las profundidades del mar.

Omiero. Brebaje hecho a partir de hierbas con propiedades sanativas que corresponden a cada Orisha del panteón yoruba.

Oráculo del Dilogún. Sistema adivinatorio por mediación de los caracoles en la regla de Osha.

Orí. Nuestro Dios interior, «Cabeza», la intuición espiritual y el destino de uno. Orisha, por derecho propio, al ser la chispa reflexiva de la conciencia humana incrustada en su propia esencia.

Orisha tutelar. Ángel de la guarda.

Orishas. Deidades de la religión afrocubana.

Orula. Testigo de toda creación, adivino e intérprete de la palabra de Ifá.

Osha. Culto de la santería o religión afrocubana, de donde se desprende la palabra Orisha.

Oshún. Diosa del amor, la feminidad, dueña de los ríos y las aguas dulces.

Ossaín del monte. Deidad que rige la naturaleza, siendo en sí la naturaleza misma, sus conocimientos se utilizan para salvar la vida y fortalecerse para cualquier guerra. Es médico y sabio de todos los secretos de la naturaleza. Conocedor de todas las plantas, animales y minerales. Hay que contar con él para todas las consagraciones.

Osogbo. Parte negativa del signo, peligro, contrariedad, mala suerte.

Osun. Deidad que actúa como mensajero de Olofi, el vigilante, el guardián, la vigilia. Representa el espíritu ancestral que se relaciona con el individuo genealógicamente, le guía y advierte.

Pàtàkies. Historias, relatos o parábolas de los Orishas en sus diferentes avatares y épocas de su paso por la tierra que nos dejan una enseñanza de la filosofía yoruba.

Plante de brujería. Magia o ritual maléfico utilizado con fines negativos y destructores con efectos contrarios a las leyes de la naturaleza.

Santeros. Coloquialmente mal llamados a los sacerdotes o las sacerdotisas de la regla de Osha.

Yemayá. La madre universal, diosa del mar, la fertilidad y la maternidad.

Yoko Osha. Algunos llaman así a la ceremonia de Kari Osha.

Yoruba. Pueblo que vivía en el suroeste de Nigeria.